小学館文庫

くさまくら

万葉集歌解き譚

篠 綾子

小学館

目次

くさまくら

万葉集歌解き譚

第一首　くさまくら

一

青く澄んだ秋空は高く、吹き付ける風は心地よい。紅葉狩りには少し早いが、弁当を持って出かけるにはまさに打ってつけの行楽日和だ。

「よく晴れてよかったわ」

日本橋の油問屋兼薬種問屋、伊勢屋の娘しづ子は手をかざしながら空を見上げて言った。

「はい、本当に」

小僧の助松がすぐに応じた。今日はしづ子の供をして、江戸の東郊、葛飾の真間へ行くのである。

助松はしづ子の隣を歩き、少し前を若い侍が、後ろを着流しに総髪の男が行く。

若い侍は加藤千蔭。助松より三つ年上の十五歳で、八丁堀に暮らしている。しづ子と同様、賀茂真淵に師事していた。

後ろの総髪は占い師の葛木多陽人。しづ子の父伊勢屋平右衛門に頼まれ、一行の護衛として付き添っている。

この四人は先頃、賀茂真淵が巻き込まれた事件解決のために力を合わせたのだが、解決の糸口となった『万葉集』の和歌の中に、真間を詠んだものがあった。これに助松が興味を持ち、それほど遠くないのだから行ってみようとなったのである。

足の音せず　行かむ駒もが　葛飾の　真間の継橋　やまず通はむ

この歌は「足音を立てずに真間の継橋を渡って、あの娘のもとへ通っていける馬がほしいなあ」というもので、この「継橋」とやらが今も真間に在るのか、確かめに行くのだ。『万葉集』が作られたのは千年も前のことだというから、もし今も残っていたらすごいことである。


そんなことを思いながら、足取りも軽く進んでいた助松に、

「ところで、助松」

と、横を行くしづ子が声をかけてきた。

「今日のために、私が書いたお手本があったでしょう。あの歌は覚えているかしら」

それは、数日前、「足の音せず」以外の真間の歌だといって、しづ子が書いてくれた歌のことであった。


助松はしづ子のお手本で手習いをしているのだが、昼間の仕事が終わった後のこと

なので、思うようにはかどらない。正直、ここ数日はその暇もなかったのだが、歌は何とか覚えていた。

われも見つ　人にも告げむ　葛飾の　真間の手児奈が　奥つ城処

「合っていたでしょうか」

少し不安を覚えつつ口ずさむと、しづ子はにっこり微笑んで「そうよ」と答えた。

「この歌はね、真間の手児奈の物語を詠んだものなの」

続けられたしづ子の言葉に、助松は少し首をかしげた。

「こんなに短い歌の中に、物語があるんですか」

そのやり取りが聞こえていたらしく、前を行く千蔭が振り返った。

「お嬢さんは、歌の中に物語があるとはおっしゃっていない。物語を踏まえて作られた歌ということだ」

「あ、そういうことですか」

なら物語を知らないと、この歌は分からないんですね――と問うと、しづ子も千蔭もそうだと答える。

「真間の手児奈はね、これから行く葛飾の真間に暮らしていた美しい娘のことなの。

『奥つ城』というのはお墓とか塚のことよ。『私も見たよ、人に言わずにはいられないね。これが葛飾の真間の手児奈の塚なんだって』。こんなふうに詠んでいるの」

「それじゃあ、この歌が作られた時にはもう、真間の手児奈は死んでいたんですね」

「そうね。真間の手児奈のお話は、昔からよく知られていたのだと思うわ」

と、しづ子は言い、それから真間の手児奈の説話を語ってくれた。

「手児奈の美しさは近隣でも評判だったので、大勢の男の人が求婚したのだそうよ。でも、そのために争いが起きたり、想(おも)いが高じて病にかかったりする人もいたの。私のせいだと悲しんだ手児奈は、自分が誰かを選べば他の誰かを苦しめることになるから、自分は誰も選べないと思い込んだんですって。そして、海へ身を投げて死んでしまったのよ」

「えっ、自分で命を絶っちゃったんですか」

吃驚(びっくり)して、助松は大きな声で訊(き)き返した。そこまでしなくてもいいのに、という気がしなくもない。

「後味の悪い話どすやろ」

その時、唐突に後ろから声が飛んできた。葛木多陽人のものだ。

「聞こえていらしたんですか」

しづ子の前を歩く千蔭に聞こえるのは当たり前としても、後ろの多陽人には聞き取りにくかったはずだ。しづ子は意外だったようだが、助松は多陽人ならあり得ると思った。

「へえ、ようく聞こえてました」

平然と答えた多陽人は、助松に目を向けると、

「まあ、手児奈という女子(おなご)がほんまにいたかどうかは分かりまへん。手児奈みたいな人がおったらええなあという思いが、こないな話を作ったかもしれへんのや」

「こんなかわいそうな女の人がいたらいいなあって、皆が思ったんですか」

助松は納得がいかない。

「女子はんの不仕合せを望んだんやのうて、こないな人がおったら、自分も好きになったのになあと思いたいんや。誰かの妻になってしもたという結末やったら、好きになってもあかんやろ」

「あ、それは分かるような気がします」

助松は多陽人の言葉にうなずいたが、気がつくと、しづ子が不思議そうな目を向けてきていた。

「助松は葛木さまのおっしゃることが分かるの？」

「……何となく、ですが」

改めて問われると自信がなくなり、あいまいに答えた助松は逆に「お嬢さんはどう

ですか」と問い返した。

「そうねえ。人々の思いが手児奈という女人の物語を生み出したっていうのは、分からなくもないんだけれど。私はやっぱり手児奈は本当にこの世に生きていた人で、気の毒に思った人々が手児奈を忘れまいと言い伝えてきたんじゃないかと思うわ」

「お嬢さんの考えは、とても素直でふつうだと思いますよ」

　千蔭が口を挟んできた。

「葛木殿のお考えはややこじつけの気味がありますが、それはそれでよいのだと思います。助松も自分の思いたいように思えばいいのではないか」

　信じるか信じないかは、その人自身が決めることだと千蔭から言われ、助松は素直な気持ちでうなずいた。手児奈が実在の人だったかどうかは分からないが、それを確かめるために真間へ行くと思えばいい。

「今も残っているとは限りませんが、手児奈の頃には『真間の井』と呼ばれる井戸があったそうですよ」

　と、千蔭は続けて言った。

「あの辺りは海に近く塩水が入り込む土地なのだそうです。だから、真間の井はあの辺りで清水を汲めるただ一つの井戸だったとか。手児奈もそこへ水汲みに行き、美しさが評判になったと伝わります」

「なら、その井戸があれば、手児奈が本当にいたって思えるかもしれませんね。歌に出てきた奥つ城もあるんでしょうか」

千蔭としづ子へ交互に目を向けながら、助松は問う。

「そうね。真間へ行ったら、継橋だけじゃなく、真間の井や奥つ城も探すことにしましょう」

しづ子が話をまとめるように言い、これから進む前方の景色へ目を向けた。大川を越え、町家の並ぶ深川や本所の辺りを抜けてしまうと、後は稲刈りの終わった田んぼが広がるばかりである。これをさらに進むと、江戸川が見えてくるはずなんだがと思っていたら、やがて広い河川敷に出た。

二

江戸川を舟で越えると、真間はあと少しである。

船頭に、千蔭が真間の継橋を見ることができるかと尋ねると、

「へえ。見られますよ」

と、あっさり答えが返ってきた。

「紅葉の頃には、けっこう人も出ますんで」

「ほう。では、真間は紅葉の名所なのか」

「ま、この辺りではそう言われてますな。今はまだ早いですが、また紅葉狩りに来られるといいですよ」

　船頭のその言葉を聞き、

「どうせなら、その季節に来た方がよかったかしら」

　と、しづ子は残念そうな顔をした。

「でも、その頃じゃ、寒いんじゃありませんか。旦那さんが許してくださるかどうか分かりませんよ」

　陸よりも冷たく感じられる川風を受けつつ、助松は言った。川風そのものの冷たさだけでなく、舟に乗って体を動かさないでいるから、余計にひやっと感じられるのかもしれない。

「許してくれたわよ。だって、来年の春には母さまと伊香保に行くのだって許してくれたのだもの」

「えっ、伊香保?」

　助松が目を丸くすると、「伊香保へ行かれるのですか」と千蔭も傍らで驚いている。

　多陽人は舟に揺られながら遠くに目を遊ばせたままであったが、

「伊香保も紅葉の名所だって言われますよねえ。行ったことはありやせんが」

と、船頭までが興味を示した。

「そうなんです。初めは、今年の紅葉の頃にと思っていたのですが、それはさすがに急すぎるから駄目だと言われ、来年の春となりました」

「しかし、うらやましいお話です。春は春で、花といい若葉といい、見るべきものは多いでしょう。何より古い温泉地ですし……」

千蔭は心底うらやましそうに言った。武家の千蔭には、思い立ったらすぐ物見遊山に出かけられる町人のような身軽さはない。

「もしや、葛木殿と助松は伊香保へ同行するご予定なのですか」

千蔭のさらなる問いかけに、しづ子は首を横に振った。

「いえ、まだ同行者は決まっていませんし、葛木さまにも助松にもこの話をするのは初めてです。でも、父は葛木さまに護衛をお頼みするつもりではないかと思います。それが叶わなければ、このお話自体がなくなってしまうかもしれませんので。葛木さま、その時にはお引き受けいただければありがたく存じます」

「ここで請け合うことはできまへんが、旦那はんから正式なご依頼があれば、考えさせてもらいまひょ」

多陽人は、突然の伊香保行きにもまったく驚かなかった。

川風に、結っていない髪が靡いている。片膝を立て船べりから遠くに目を遊ばせるその姿は、どこか別の国から来た人のように見えなくもない。

「助松のことは私から父に頼んでみるつもりです。大五郎さんや助松の意向もあるでしょうが、もし伊香保に行ってもかまわないというのであれば」

「おいらはお供させてもらえるのなら、ぜひ」

助松はすかさずしづ子に頼んだ。

しづ子や多陽人と一緒に旅ができるというだけで、胸がわくわくしてくる。それも、温泉地だなんて。助松は温泉になど浸かったことがなかった。

そんな話をしているうちに、やがて舟は葛飾側の岸辺に着いた。

「あ、そうそう。言い忘れてましたが、真間の継橋って、大川の両国橋や千住大橋みたいなのとは違いますからね。そのつもりで行っちゃいけませんぜ」

最後に船頭が思い出した様子で、声をかけてきた。それはどういうことなのかと訊き返す間もなく、江戸方面へ渡る次の客たちが次々に乗り込み始める。そのため、くわしい話を聞くことはできなかった。

「両国橋などと違うって、どういうことでしょうか」

尋ねても、しづ子と千蔭は首をかしげるばかりで、多陽人は答える気がなさそうである。

取りあえず行ってみようと、一行はそのまま先へ進んだ。

やがて、入り江と砂洲が入り組んでいる低地へ出た。海水と陸地とが入り乱れており、陸地だけを伝って進むことは何とかできそうだが、全体が一望できるわけではないので、安易に進んでいって大丈夫かと不安がある。

「これは満ち潮になったら、海に浸かってしまうのではないか」

と、千蔭も心配そうに呟いた。すると、

「ここが、目指してはった真間どす」

と、いちばん後ろを歩いていた多陽人が突然告げた。他の三人が同時に振り返って多陽人に目を向ける。

「葛木さま、前に真間へいらしたことがあったのですか」

そんな話は聞いていないという面持ちで、しづ子が尋ねたが、「はて」と多陽人は首をかしげている。

「それはどちらでもかまへんどすやろ。護衛としてするべき仕事はしますよって」

「でも、ご存じだったなら、いろいろ教えてくださったって……」

「案内役をするようにとは、申し付かってまへんさかい」

多陽人の人を食ったような物言いに、真面目なしづ子や千蔭が怒り出すのではないかと、助松は気を揉んだ。

ところが、次第に慣れてきたものか、千蔭は怒らず笑い出した。

「葛木殿らしいご言い分ですな」

　しづ子はあきれた顔で言葉も返せないでいる。

「あのう、それじゃあ、葛木さまにおいらが真間の案内をお願いしたら、お引き受けくださいますか」

　助松は恐るおそる切り出してみた。「おいら、あまりお金はないけど」と小声で付け加えると、

「その助松はんがお持ちのお弁当、私の分もありますやろか」

　多陽人は、助松が出発からずっと抱えている風呂敷包みに目を向けて訊いた。

「もちろんです。四人分、しっかり女中さんに作ってもらいましたんで」

　助松ははきはきと答えた。

「ほな、それでここの案内は引き受けまひょ。ついでに、私が選んだ場所で食べることにしてもらえれば、なおええんやけど」

「それは、千蔭さまとお嬢さん次第ですが……」

　助松が二人に目を向けると、千蔭はすぐにうなずいた。

「私はここが初めてだし、葛木殿がご案内くださるのなら、お願いしたい」

「……私もかまいません」

　しづ子がどことなく気の抜けたような声で応じる。助松は少しはらはらしたが、多

陽人はいっこうに気にするふうもなく、

「ほな、まずは手児奈はんのお堂をお参りしまひょか」

と言って、そこからは先に立って歩き出した。

「継橋のことを言うてはりましたが、ここが継橋のあったとこどす」

と、多陽人は言う。

「えっ、どこに橋が？」

「千年以上も前の橋は、もう残ってまへん。私らが歩いてるのは砂洲どすが、この砂洲と別の砂洲をつなぐ橋が『真間の継橋』やったんどす。長い橋やのうて、ほんの短い間を渡るための橋がいくつも架けられてたんどすな」

「ははあ、だから継橋というわけですね」

千蔭が感心した様子で言った。今は砂洲と砂洲の間が細い道でつながっているところも多く、新たな橋が架けられた場所もあるそうだが、次々に橋が連なる継橋の面影はないらしい。

「この辺りは下総（しもうさ）の国府（こくふ）に近いよって、昔はここの入り江に舟も多ぅ出入りしていたようどす」

「なるほど。当時はかなり開（ひら）けていたのですね」

多陽人と千蔭が話を交わす間、しづ子は無言だった。

（もしかして、お嬢さん、葛木さまのお振る舞いに怒ってしまわれたのかな）

助松はしづ子の顔色をうかがってみたが、さほど機嫌が悪そうにも見えなかった。しづ子は真間の風変わりな情景に目を瞠（みは）りつつ、時折、立ち止まって説明する多陽人の声に耳を傾けている。

（お嬢さんも物知りな葛木さまに、感心していらっしゃるんだろうな）

それに、江戸の町中では見られないこの風景も、しづ子の機嫌を直してくれたのだろう。

やがて、一行は小さめのお堂に到着した。そこは例の手児奈を祀（まつ）ったお堂で、手児奈霊神堂（れいじんどう）というらしい。

今では安産や子育ての守り神とされているのだと、多陽人の説明を聞きながら、一同はお参りを済ませた。

近くに、手児奈が清水を汲んだと伝わる真間の井もあるというので、そちらへも案内してもらう。きれいに保全されたその井戸は今も使われているらしく、すぐ近くに生えた松の木がまるで井戸を守るかのように、枝をその上へ伸ばしていた。

ちょうどその時、昼九つ（正午）を知らせる鐘が鳴った。

「昼餉（ひるげ）はこの辺りで、とのおつもりですか」

千蔭が問うと、多陽人は「いいえ」と首を横に振る。

「もう少しだけご辛抱願います」

そう言って、多陽人は再び歩き出した。

「この近くに真間山弘法寺というお寺があります。高台やさかい、少しきついかもしれへんけど、そん時は言うておくれやす」

多陽人はそう断って、山門へと続く石段へ一行を案内した。石段の下に杖を商っている老人がいて、多陽人はそれを一本手に入れてくると、しづ子に差し出した。

「え、私に？」

しづ子が当惑しているうちに、多陽人は助松の方に手を差し出す。

「な、何ですか」

「風呂敷包み、ここだけは私がお持ちしまひょ」

「いいえ、これはおいらの仕事ですから」

「昼餉の場所をこの石段を上ったとこと決めたんは私どす。せやさかい、私が持つ方が理に適ってます」

多陽人は澄まして言い、あれよあれよという間に、しづ子は杖を受け取らされ、助松は風呂敷包みを渡していた。

それから、一行は石段を上り始めた。それほど長い石段ではなかったが、慣れていないと息切れがする。上り終えた時、しづ子と助松は少し息が荒かったが、多陽人と千蔭は平然としていた。

（さすがだな、お二人とも）

と思いつつ、しづ子に杖を用意してくれた多陽人に、助松はひそかに感謝していた。本当はしづ子の供を仰せつかった自分が気づかなければならないところである。

「このお寺の中には、見事な桜の古木もありますさかい、その時節にはそれを見に来る人もいるそうどす。ま、今日はこちらへ」

しづ子と助松が一息吐くのを待ってから、多陽人は寺の境内ではなく、外の杉並木を進んだ。やや行くと、大木が消え、目の前がさっと開けた。

「わあ……」

助松は思わず声を上げていた。

そこからは、先ほど自分たちが歩いていた砂洲が見える。いくつもの砂洲と入り組んだ入り江がまるで段々畑のようだ。入り江の水面に秋の陽光が煌めくさまは、金糸銀糸で織った帯を無造作に広げたようで、それが海まで続いていた。

「なんてきれいな……」

しづ子がうっとりと小声で呟く。

「あ、あれ、さっきお参りした手児奈霊神堂ではありませんか」

助松は砂洲を縫って進んだ先の朱色の建物を見つけ、指さして声を上げた。

「昼餉はここでいかがどすやろ」

多陽人の意見に対し、否（いな）やを言う者はいなかった。

（あ、でも、茣蓙（ござ）は持ってきていないや）

江戸の町中なら、弁当と茣蓙を用意しての行楽もあり得たが、真間まで持ち運ぶのは骨が折れる。持ち込みの弁当を食べさせてくれる茶屋があるだろうと平右衛門も言っていたし、助松もそのつもりであった。

（ここは、すばらしい景色だけど、茣蓙がないと……。少なくともお嬢さんは駄目だよなあ）

そのことを多陽人に告げようと振り返ると、先ほどまで多陽人がいた場所に、風呂敷包みだけがぽつんと置かれている。

「あれ、葛木さまは？」

助松は吃驚して声を上げた。絶景に心を奪われていたらしいしづ子と千蔭が、我に返った様子で振り返る。しかし、三人で辺りを捜してみても、多陽人の姿は見当たらなかった。

「この道を戻っていかれたとしか、考えられないわよね」

と、しづ子が不安げに呟く。

一行が進んできたのは寺の境内に沿った道で、緩やかにうねっていた。境内を囲む塀と杉並木のせいで、少し行くと、姿が見えなくなる。

「おいら、ちょっと今の道を戻ってみます」

助松は風呂敷包みを頼むと二人に言い残し、元来た道を走って戻り始めた。が、その足はすぐに止まった。

多陽人が悠々とした足取りで現れたからである。何と、その右肩には丸めた莫蓙がのっていた。

「どうしたんです、それ」

助松は多陽人の肩を指さして訊いた。

「ま、まさか、おまじないでそこらへんの木の葉を――」

「何を言うてますのや」

多陽人があきれたような目を助松に向けた。

「どないして、そこらの木の葉を莫蓙に変えるんどす」

「そういう話があるじゃないですか。山に住む狐や狸が木の葉を使って化けるとか」

「私を何と思うてますのや。これは、弘法寺さんからお借りしてきたもんどす」

「え、お寺さんから」

寺の僧侶と顔見知りなのかと問うと、そういうわけではないが、この辺りは花見だの紅葉狩りだの弁当持参で来る人々も多く、寺はその人たちの便宜（べんぎ）を図って莫蓙などの用意をしているという。数に限りもあり、人出の多い時には難しいが、今の時節なら借りられるだろうと頼んでみたら案の定だった、と多陽人は答えた。

「ま、そもそも紅葉狩りに当ててしもたら、あの場所で弁当を使うのも無理やったと思いますで」

こうして、多陽人と助松は先ほどの場所まで戻り、多陽人が借りてきた莫蓙を敷いて、真間の景色を眼下に見ながら、皆で昼餉を摂（と）った。

伊勢屋の女中が作ってくれた弁当は、握り飯に蒟蒻（こんにゃく）、焼豆腐に干瓢（かんぴょう）、蒲鉾（かまぼこ）、卵焼きなどがずらりと並んでいる。涼しい風の通る空の下、海と砂洲を見ながら食べる昼餉は格別な味がした。

楽しい食事が終わり、弁当の片付けをして、助松が莫蓙を丸め始めた時、

「あら、そこの葉っぱ……」

つと、しづ子が近くの青紅葉に手をかざして呟いた。

四人が昼餉を摂った場所は杉の木が途切れた代わりに紅葉が植わっており、季節の頃には色づいた葉とこの絶景を一緒に楽しめる趣向になっている。

「おや、その葉だけ色づいて……」

と、しづ子に続けて声を上げた千蔭が、すぐに「いや」と続けた。

「あれは、病葉か」

「そのようですね。俳句では夏の季語ですが……」

　今はもう秋になっていたが、紅葉するにはまだ早い時節なので病葉と呼んでいいだろうと、しづ子が言う。

「よく見ると、虫も食っているようです」

　千蔭が少ししんみりした声で応じた。

「わくらばって、早く色づいた葉のことを言うんですか」

　莫蓙を巻き終わった助松が問うと、しづ子がうなずいた。

「ええ。虫に食われたり、病にかかったり、その理由はさまざまだけれど、夏の頃に色づいてしまった葉っぱのことを言うの」

「ちょっとかわいそうですね。他の仲間が色づいた時には、もう散っちゃってるんでしょう」

「……そうね」

　と、応じるしづ子の声も少し浮かない。

「病葉なら、今日の思い出に取っていってもかまわないかしら」

　誰にともなく問いかけるように、しづ子が呟く。ややあってから、

「かまわないでしょう」

と、千蔭が応じた。

「あのまま枝につけておく方が見苦しいでしょうし」

千蔭の言葉を受け、しづ子は病葉に腕を伸ばそうとした。しづ子でも手が届かぬ距離ではなかったが、

「ほな、お嬢はん。お手をお出しやす」

と、その時、横から多陽人が言った。多陽人がしづ子の代わりに取ってやるつもりなのだと、助松は思った。しづ子は少し恥ずかしそうに目を伏せたものの、言われた通り、多陽人の方へ両手をそろえて差し出した。

誰もが多陽人は病葉の枝に手を伸ばすと思った、まさにその時——。

多陽人は右手の人差し指と中指を立てると、そっと唇に触れさせたのである。

何か呪文でも唱えようとしているように見えた。実際、助松は多陽人がそうやって印を結び、呪文を唱えるのを見たことがある。

だが、多陽人が口にしたのは呪文ではなかった。

　玉に貫き　消たず賜らむ　秋萩の　末わわらはに　置ける白露

「それは、和歌——?」

どういう意味かと、助松が歌の中身に気を取られた一瞬の後、

「あら、まあ」

というしづ子の驚きの声が聞こえた。

しづ子の両掌に紅葉が一枚のっている。えっと思って、病葉のついていた枝に目をやると、そこに色づいた葉はもうなかった。

「これ、病葉じゃないわ」

しづ子がさらに驚きの声を上げる。枝についていた時の病葉は赤く色づいていたものの、端の方は枯れかけて茶色っぽく、さらに少し虫食いの跡もあったのだ。だが、今しづ子の掌にのる葉は夕焼けのような色に明るく染まり、枯れてもいなければ虫食いの穴も空いていない。

「葛木さま、何を――？」

「何も」

多陽人はくわしく答える気はないという様子で、「ほな、行きまひょか」と丸めた莫蓙を持ち、さっさと来た道を戻り始める。

「お待ちください」

助松は空の弁当箱を抱え、慌てて多陽人の後を追った。

「さっきの歌、どんなことを言っていたんですか」

助松は多陽人の横に並ぶと慌てて訊いた。

「そない慌てんかて、あの歌なら『万葉集』に載ってます。お嬢はんに訊けばよろしおすやろ」

「でも、葛木さまが教えてください」

あえて熱心に頼み込むと、

「秋萩の枝先の傷んだ葉にのるけなげな白露、それを紐に通し、玉にして頂戴しよう、と言うてるのや」

と、多陽人は笑みを含んだ声で教えてくれた。

「病葉の上の露を宝物にしようだなんて、いい思いつきですね」

心に浮かんだ感想を述べると、

「助松はんはそない思うのやな」

と、多陽人は微笑んだ。秋の陽射しに照らし出されるその笑顔は、不思議なくらい柔らかかった。

三

あれは、いったいどういう技だったのだろう。青紅葉の中に交じっていた一枚の病葉――まったく手を触れることなく、多陽人はそれをしづ子の両掌にのせた。

たまたまなどということがあるだろうか。あの拍子にちょうど、病葉が枝についている力を失くし、舞い落ちてきた。その場所がたまたましづ子の掌の上だった。

いや、自分はあの時、あの病葉の真下に手を置いていたわけではない。多陽人の方に手を向けていたのだ。

気づいたら、葉っぱが一枚手にのっていた。病葉ではなく、完璧なまでに色づいた紅葉が――。

枝についていた病葉と、美しい紅葉は、まったく別のもののようにしづ子の目には見える。

(まさか、私にだけそう見えているのかしら)

葛木多陽人が自分のために狩ってくれた紅葉だと思うがゆえに、自分は幻でも見ているのか。

そんなふうに感じたこともあったが、実はそんなことはどうでもいい。

病葉だろうと紅葉だろうと、多陽人が思い出として形に残る何かをくれたということが、自分にとっていちばん大事なことなのだ。

「玉に貫き　消たず賜らむ　秋萩の　末わわらはに　置ける白露」

あの日、多陽人が口ずさんだ和歌はすぐに頭に刻み付けた。『万葉集』だろうと思うが自信はなく、あの後、必死になって調べたのだ。秋の歌か、相聞歌（そうもんか）か、決め手がなかったが、これは相聞歌――つまり、恋の歌であった。

（まさか、私に――？）

いや、そこまで考えを進めてしまうのは、独りよがりと言うべきだろう。多陽人は自らの想いを古歌に託すような男ではない。ならば、どうするのが多陽人らしいのかと訊かれると、しづ子にも答えようがなかった。それでも、歌の伝統を軽んじるところがあるから、古歌に託すことだけはないと思えるのだ。

ならば、やはりあの歌は「病葉」から連想されたものということになる。

あの後、こっそり師匠（ししょう）の賀茂真淵に教えを乞（こ）うたところ、この歌の「わわらは」は「破れほつれた葉」を指すという説があり、今の病葉の意に近い。ただし、あの時代は病葉を「わくらば」とは言わず、その言い方が広まったのは今から百五十年ほど前のことなのだそうだ。

また、「わわらはに」を「撓（たわ）むほど一面に」とする説、「わくらはに」と読んで「特別に、取り立てて」と取る説もあるという。

いや、細かなことは正直なところどうでもいい。「わわらはに」だろうが「わくらはに」だろうが、大きな違いはないのだ。などと言っては師匠に対して失礼極まりないが、今のしづ子にとって学説はさほど重大なことではなかった。

ただ、あの歌を口ずさんだ時の多陽人の顔と声――それだけが自分にとって大切なこと。瞼の裏にも耳の奥にも焼き付いて離れない。

「……お嬢さん」

「……失礼していいですか。入りますよ」

「……お嬢さん！」

何か騒々しい声がすると思っていたが、それが自分を呼ぶ声だとようやく気づき、はっと我に返った時には、目の前に助松がいた。

「あら、助松。どうしてここに？」

自分は、部屋の中へ入ってよいと言っていないはずだ。許しを得ずに勝手に部屋へ入るような不作法な子ではないはずなのに。

その思いが顔に出たのか、助松が困惑気味に言い訳してきた。

「あのう、何度も外からお呼びしたのですが、お返事がなくて」

何かあったのかと、助松の眼差しが不安げにしづ子の手もとに注がれる。その時、はっと助松が顔を強張らせた。

「もしかして、お歌を作っているところでしたか？」

確かにしづ子は自分で歌を作ることがあるし、それを助松は知っている。自作の歌を見せたことはなかったが、歌を作ろうとしているのを邪魔してはならないと、助松は心に留めているようだ。

しづ子は机の上に筆墨と紙をそろえていたが、これはいつものことである。ただ、今、一番上にのっている紙には、あの歌——多陽人が真間で口ずさんだ歌が書かれている。この歌を前に物思いにふけっていたことを、助松に知られるのは気恥ずかしい。

「そ、そんなところだけれど、気にしないでいいのよ」

しづ子はごまかし、それから机の上の紙をさっと裏返しにした。が、これまでもしづ子が自作の歌を隠そうとすることはあったので、助松はそれ以上不審に思うことはなかったようだ。

「お嬢さんがお呼びだとお聞きしたんですが」

「ああ、そうだったわね」

しづ子は番頭に、助松の手が空いたら自分の部屋へ来るように伝えてくれと、頼んでいたことを思い出した。

「実は、明日、賀茂真淵先生のお宅へ伺うの。伊香保行きをきちんとお知らせしようと思って。昼八つ（午後二時頃）にお伺いするから、そなたが供をしてちょうだい」

番頭の許しは得ていると告げると、助松は素直に「はい」と答えた。

来春、しづ子と母の八重（やえ）が伊香保へ旅する計画は、その後しっかりと練り上げられ、今は準備をしているところである。供の者も正式に決まった。手代の庄助（しょうすけ）と小僧の助松、それに女中のおせい。他に、護衛として占い師の葛木多陽人が同行を引き受けてくれた。

（旅の間、葛木さまとずっと一緒に……）

と思うと、しづ子の心はまたもどこかへ飛んでいきそうになるが、ここはぐっとこらえ、

「それじゃあ、助松。明日はよろしくね」

出かける少し前にここへ来てちょうだいと、しづ子は真面目な顔で助松に告げた。

賀茂真淵が暮らしているのは北八丁堀の加藤枝直の屋敷地の一角である。町奉行吟味方の枝直は真淵を師と仰いでおり、師匠のために便宜を図ったのであった。

枝直の息子が千蔭で、親子そろって真淵の弟子というわけである。

しづ子がこの賀茂真淵宅へ出向くのはよくあることで、必ず誰かに供をしてもらっているが、近頃は助松であることが多い。助松は少し年上の千蔭とも親しくなったし、真淵にも顔を覚えられている。歌にまったく関心のない小僧や女中を連れていくよりは、真淵や千蔭も喜ぶだろうし、しづ子自身も道中が楽しかった。

翌日の昼九つ半（午後一時頃）を少し過ぎた頃、しづ子は助松と一緒に伊勢屋を出た。通い慣れた八丁堀への道を進みながら、伊香保行きの話をする。

伊香保は上野国（こうずけのくに）にあるので、旅は武蔵野（むさしの）を北西に進むことになるのだとか、武蔵野は昔から歌によく詠まれたのだとか、そんな話をしているうちに、やがて二人は加藤枝直の屋敷に到着した。

「いつもお世話さまです」

顔見知りの門番に挨拶（あいさつ）し、中へ通してもらう。そこから屋敷地の中を奥へと進み、家の前に紅葉の木が立つ賀茂宅を目指した。賀茂宅の紅葉はほんのりと色づき始めている。

玄関口で「ごめんくださいませ」と声をかけると、女中が現れ、真淵のいる離れの部屋へと案内してくれた。

「加藤の若さまもお越しになっています」

と、女中が教えてくれた通り、離れの部屋では千蔭と真淵が二人、向かい合って言葉を交わしているところであった。

「よくいらっしゃいました」

真淵は若い弟子に対しても、丁寧な言葉遣いでしゃべる。

「お邪魔いたします。助松も一緒なのですが、先生のお話をぜひ聞かせてやりたいと思いまして」

しづ子が言うと、真淵は快く助松の同席を許した。

「真間行き以来ですね。お二人が今日見えると先生から伺いまして、私もお邪魔してしまいました」

と、千蔭が座っていた場所を移しながら、しづ子と助松に笑顔を向ける。二人に挨拶して頭を下げている助松の顔も嬉しそうだ。

「実は、来年の春、少し暖かくなった頃、母と一緒に伊香保へ出かけることになりました。この助松も一緒に参りますので、先生にお知らせをと思いまして」

「そうですか。伊香保とはまたよいところへ行かれるものです。江戸からさほど遠くない保養の地として、人気の高いところですな」

真淵はにこにこしながら言った。

「出立までにはまだ間がありますのに、先生にお知らせしたのは、旅の心得をお聞かせ願えればと思ったからでございます。旅をする文人は古来多く、書き残された言の葉もたくさんございますが、私が出立前に読んでおくべきものなども教えていただければと思いまして」

しづ子が真剣な面持ちで切り出すと、真淵はおもむろにうなずいた。

「そうですね。道中のことや伊香保については、いろいろと教えてくれる人がおいででしょう。私からしづ子殿に何よりお勧めしたいのは、ご自分の旅をご自分の筆でしっかりと書き記すことです」

「え、私が自分の旅を――」

しづ子は虚を衝かれて呟いた。道中、歌を作ることができればいいと思い、その時は忘れないよう書き留めるつもりでいた。だから、紙や筆墨は十分に持っていくことにしていたが、旅の出来事を書き記しておこうという考えは浮かぶこともなかった。そもそも、書状の類を除けば、長い文章を書いたことはあまりないのだが……。

「紀行文というほど大袈裟でなくとも、日記のようなものと考えればいいでしょう」

「日記……」

「ええ。人はすばらしいものを見聞きし、どれほど心を動かされたとしても、その気持ちを持ち続けることはできません。時には忘れてしまったり、思い違いをしてしまうことさえある。それを避けるのに最もよいのが、旅をしているその時を逃さず、見聞や心持ちを書き留めておくことなのですよ」

真淵の言葉はもっともだと思うが、自分には過ぎたことを言われている気がする。

「私に書けるでしょうか」

少し小さな声で訊き返すと、

「しづ子殿には、旅立つ前に『更級日記』をもう一度読むことをお勧めいたします」

と、真淵から言われた。

「お嬢さんならば、きっとお出来になりますすよ」

傍らから、千蔭が口を挟んだ。

「江戸の菅原孝標女と言われるだけのものをお書きになれるはずです」

あまりに大袈裟なことを言われるときまり悪い。そう思っていたら、

「その人が『更級日記』を書いた人なんですか」

と、助松が尋ねてきた。この無邪気な助松の物言いが今のしづ子には救いである。

「ええ。千年以上も前、上総国から京へ帰った時のことを日記に書いた人なの」

しづ子の返事に付け加えるように、

「この人が旅をしたのが十代の初めですから、今のしづ子殿にとって、ちょうどよいお手本になるでしょう」

と、真淵が付け加える。

「えっ、それじゃあ、その人、おいらと同じ年くらいで、旅のことを日記にしたためていたんですか」

助松が吃驚した様子で言った。

「いいえ、菅原孝標女が日記を書いたのはもっと年を取って、大人になってからです。昔のことを思い出しながら綴ったわけですが、その文章が実に若々しく潑溂としている。しかし、実際に旅をしている時に、孝標女が筆を執っていたら、また別のすばらしい文章が書けたであろうと惜しまれるのですよ」

と、真淵は丁寧に説明した後、しづ子に目を戻して続けた。

「『更級日記』は助松殿にも何がしかの糧になるかもしれません。しづ子殿がお読みになってから、話してあげたらよいでしょう」

「それならぜひお願いします、お嬢さん」

助松からまっすぐな目を向けられると、つい嬉しくなって、しづ子は「分かったわ」と答えていた。

だが、助松には『更級日記』の前に、もっと和歌に親しんでほしいという気持ちもある。

「ところで、先生。助松には旅に出るに当たってのよき歌など、教えてやってくださいませんでしょうか。やはり富山生まれの者ですから、『万葉集』の歌を教えていただけるとありがたいのですが」

しづ子は真淵に頼んだ。

助松と父大五郎は富山の出身である。大五郎は富山藩の武士であったが、陰謀に巻き込まれた末、脱藩を余儀なくされた。助松は赤子の頃、富山を出ることになったので、故郷の記憶はないというが、それでも『万葉集』を編んだ大伴家持にゆかりの土地と知った今、『万葉集』にいっそうの興味を持っている。

「助松殿は和歌を学び始めて間もないということですから、『万葉集』でもよく知られた旅の歌がよろしいでしょう。旅先で、古人の歌を口ずさむのも、味わいのあるものですよ」

真淵が言うと、「それはよいですね」とすぐに千蔭が応じた。

「差し支えなければ、私も助松のために『万葉集』から旅の歌を選ばせてもらいたい。いっそのこと、お嬢さんも旅の歌を一首選び、三人がそれぞれ助松に示してやったらいかがでしょう」

弾んだ声で言う千蔭の案に、真淵が賛同した。しづ子も否やはない。

「三人で相談はせず、それぞれよいと思うものを挙げましょう」

さらに千蔭が持ち出した案が採られ、三人は別々に思う歌を紙に記し、同時に見せ合うことになった。

真淵の用意してくれた紙と筆を使い、しづ子と千蔭も歌を記す。

「皆さん、できましたか」

と、どことなく楽しげな口ぶりで言う真淵の声に、しづ子と千蔭がそれぞれ「はい」と答えた。その傍らでは、助松が期待に目を輝かせている。

「まさか三首とも同じということはないでしょうが、重なることはあり得ますね」

千蔭が少しばかり緊張した声で言い、しづ子は無言でうなずいた。いろいろ思い浮かべたものの、あまりに世に知られたものは重複を考えて避け、そうでないのを選んだが、同じようなことを二人が考えていたら――。

いや、もちろん真淵や千蔭と同じ歌を選んだというのは、それはそれで誇らしいことでもあるのだが……。

「では、見せ合いましょう」

真淵の落ち着いた声を合図に、三人は歌を書いた紙を差し出した。

「皆さん、違っていますね」

と、最初に口を開いたのは助松である。

　草枕　旅行く人も　行き触れば　にほひぬべくも　咲ける萩かも

真淵が選んだのは、笠金村の詠んだもので、「旅行く人が通りすがりに触れたなら、その色に染まりそうなほど美しく萩の花が咲いているよ」と、旅先の花を愛でた歌だ。

　家にあれば　笥に盛る飯を　草枕　旅にしあれば　椎の葉に盛る

しづ子が気圧されそうなほど流麗な達筆で書かれているこの歌は、千蔭が書いたものである。作者は非業の死を遂げた有間皇子で、これは死の間際に作られた歌とされていた。

「家にいれば器に盛るご飯なのに、死地へ送られる旅先で、椎の葉に盛って食べることになろうとは……」と詠っている。旅先のちょっとした気づきを詠んだように思えるが、その背景には大変深い闇を抱えた歌だ。

そして、しづ子が選んだのは――。

草枕　旅に久しく　なりぬれば　汝をこそ思へ　な恋ひそ吾妹

これは恋の歌である。作者は佐伯東人という男で、「旅に出て、こんなにも長くあなたに逢えないでいるとは。ああ、あなたが恋しくてならぬ。あなたも私を恋しがって、つらい思いをしてくれるな、我が愛しき人よ」と、恋人を気遣う優しさに満ちた歌だ。この優しさがしづ子は好きだった。

三人がそれぞれ選んだ歌について語るのを、ひどく熱心に聞いていた助松は、

「こうしてお聞きすると、それぞれの歌に選んだお方の色が出ていて面白いです」

と、にこにこしながら言った。

「どの歌にも『草枕』という言葉がありますね」

と言う助松に、これは「旅」という言葉を導く枕になる言葉なのだと、千蔭が説明

してやっている。昔の旅先では屋根のない場所で、草を枕にして休むこともあった、そこから生まれた表現なのだろうと、真淵が言い添え、助松は「旅の情景が思い浮かぶような言葉です」と返した。

しづ子の脳裡にも、まだ見たことのない武蔵野の草原が広がっていた。春にはその武蔵野を歩いて伊香保へと赴く。その道中には、自分のことを「吾妹」と呼んでほしい人がいる。もし一度でもそう呼んでもらえたら、きっと天にも昇る心地がするに違いない。

（でも、あの方は……）

決してそんな言葉を口にすることはないだろう。しづ子がひそかに思いめぐらしていたら、

「枕になる言葉ではありませんが、『たびごろも』を詠んだ歌も『万葉集』になかったでしょうか」

と、千蔭が真淵に質問していた。

「そうですね。ただし、古くは『たびころも』といいました。『旅行き衣』『旅の衣』とも言い、時代が下ってから『たびごろも』と言うようになるのですよ」

真淵の言葉に、千蔭が熱心にうなずいている。

「『たびころも』を使った歌は、どういう歌なんですか」

助松が興味を持った様子で、一同の顔を見回した。

（確かに、私も聞いたことがあるけれど……）

衣を使った言葉はけっこうある。「からころも」は助松も知っている言葉だが、「麻衣(あさごろも)」「藤衣(ふじごろも)」「古衣(ふるころも)」などいろいろあり、思い出そうとすると、それらと混じって出てこなかった。

「生憎(あいにく)、私は思い出せません。お嬢さんはいかがですか」

千蔭から声をかけられ、しづ子も「生憎、私も」と苦笑交じりに答えるしかない。

皆の眼差しが最後に真淵の顔に集められた。真淵はにこにこ笑っている。

「『万葉集』の『たびころも』は助松殿には少し分かりにくいかもしれませんね。それより、『御伽草子(おとぎぞうし)』の『浦島太郎(うらしまたろう)』を知っていますか」

真淵が尋ねると、「知っています」と助松は大きな声で答えた。昔、寺子屋で一部を読み、そこになかった部分は師匠が語り聞かせてくれたという。

「そこに、旅衣(たびごろも)の歌が出てきます。お話の最後の方、浦島太郎が故郷へ帰ることになった時、妻が詠んだ歌がこういうものでした」

真淵がその歌を口ずさんだ。

日(ひ)かずへて　かさねし夜半(よは)の　旅衣　たち別れつつ　いつかきて見ん

「ここでは『たびごろも』と濁っていいのですね」

「その通りです。『御伽草子』ができたのは、室町に将軍がおられた頃ですから」

助松の問いに答えた後、真淵は歌の意味を説明した。

幾晩も一緒に過ごしてきたのに、あなたは旅衣を着て故郷へ帰ってしまうという。けれども、またいずれ帰ってきて逢うことができるでしょうね――と、妻が再会を望む気持ちを詠んだものだ。

浦島太郎はきっとまた逢えるというような歌を返すのだが、最後は、開けてはならぬと言われていた形見の箱を開けてしまうという結末に至る。

「『浦島太郎』のようなよく知っているお話に、『たびごろも』の歌があったんですね。この歌はお話と結びついているから、とても分かりやすいです」

助松は明るい声を上げた。

「浦島太郎のお話は『万葉集』の歌にもありますから、またの機会にしづ子殿から教えてもらうとよいでしょう」

そんな真淵の言葉を最後に、この日の歓談は終わった。

第二首　武蔵野の

一

紅葉の季節が瞬く間に過ぎ、長く思われた冬が終わると、待ちに待った春がやって来た。伊香保への旅は春先を予定していたが、一月、二月はまだ寒いというので、出立は桜も終わった三月となる。

「そんなに先延ばしにしないでも……」

と、しづ子は父母に訴えていたようだが、

「伊香保の辺りは春になってもまだしばらくは、雪が残っているそうだ。出立は雪が消える頃だ」

と、平右衛門に反対され、十分暖かくなるまで待つことになった。

旅は日本橋から川越街道と児玉街道を使って進み、途中から三国街道の脇往還へ入り、利根川の支流を渡って上野国へ入る。佐渡の金を運ぶため佐渡街道とも呼ばれるこの道を大久保まで行くと、その少し先に伊香保へ入る分かれ道にぶつかるということだった。

平右衛門はかつて伊香保へ行ったことのある人を見つけ次第、店へ呼び、さんざんもてなした上、話を聞かせてほしいと頼み込んだ。その折は、八重やしづ子ばかりでなく、供として付き添う庄助や助松、女中のおせいも一緒に話を聞かされたため、助松も道筋くらいは頭に入っている。

江戸から伊香保へ旅をする人は多く、街道も危なくない。その上、護衛として葛木多陽人も同行するから、心配などない旅のはずなのだが、

「あっちでは、伊香保風とかいう激しい風が吹き下ろしてくるそうな。気をつけるのだぞ」

と、旅立つ間際まで平右衛門はしづ子たちの身を案じていた。

出立の時は大袈裟（おおげさ）でないようにというので、伊勢屋の者以外には知らせず、しづ子も事前に賀茂真淵と千蔭への挨拶（あいさつ）を済ませている。

当日の三月十一日、夜明けとともに出立できるよう、皆が支度を調（ととの）えたところへ、葛木多陽人が現れた。

長旅には相応の装いと準備が必要で、助松たちは皆が振り分け荷物を背負っているのだが、多陽人は背に打飼袋（うちがいぶくろ）を負っているだけ。打飼袋は旅用の品を入れて背負うものだが、通常は自分の荷物を家来に持たせられる武士の旅装の一種とされていた。無論、多陽人にそんな家来などいはしない。

さすがに着流しではなく袴（はかま）を着けていたが、これも旅装用の裁着袴（たっつけばかま）ではなく、裾（すそ）が

ふつうの形をしている。脚絆も着けておらず、笠も持っていない。

「え、葛木さま、それで伊香保までお行きになるんですか」

多陽人の姿を見た平右衛門が思わず驚きの声を上げたほどである。

「私は旅慣れてますさかい、ご案じのう。いざとなれば、旦那はんの考えてはるような旅姿を調えることもできます。せやけど、私はご一行からは離れて付いていきますさかい、あまり目立つ格好はせん方がよろしおすやろ」

多陽人は平然と言葉を返した。

「まあ、確かにうちの連中の格好は目立ってますけどな」

平右衛門が、八重やしづ子たちを眺めやりながら呟いた。

旅に持っていく物はできるだけ少なくとは、旅の指南書にもあり、旅をした経験者の誰もが口にすることだったが、それでもさまざまなものが必要になる。矢立てと呼ばれる筆墨、帳面は必須だ。しづ子のように日記を書くための大袈裟な帳面でなくとも、何かを書き留めるものとして、皆がそれぞれ簡素な帳面は持っていくことにしていた。また、温泉でのぼせた時のための扇子、懐中鏡、宿で荷物をまとめておく網袋などの他、櫛、鬢付油は床屋や髪結いが見つからなかった時のために欠かせない。

さらに、庄助と助松は、提灯、蠟燭、火打石、付木の類も分担して持つことになったから、振り分け荷物の中身はいっぱいだった。女たちの荷にはそれらがない分、着替えの類が詰まっているらしい。

そんなこんなで、いくら少なくしろと言われてもそれなりに多くなる旅の荷物が、多陽人だけは少ないのが、助松にも不思議である。

「まあ、いざという時は旅先で買いそろえればいいですからな」

平右衛門はそう言って自分を納得させると、

「では、葛木さま。くれぐれもうちの連中をよろしくお頼みいたします」

と、多陽人に頭を下げた。

「へえ、ご案じのう。少し後ろから付いていきますが、御用の際は振り返ってくれればよろしおす。同じ宿にするかどうかは宿場次第どすが、ご一同の宿に一度は必ず顔を見せますさかい」

多陽人は平右衛門と旅の一行に、そう告げ、一同はおのおの真面目(まじめ)な顔でうなずき返した。

多陽人が伊勢屋に到着して間もなく、夜が明けてきたのを合図に、一同は出立することになった。

「では、父さま。行ってまいります」

しづ子が平右衛門に頭を下げ、平右衛門は目を細めてうんうんとうなずく。

「くれぐれも体に気をつけて。風邪(かぜ)などひかぬようにな」

平右衛門はそれから妻の八重に目を向け、「お前も気をつけなさい。しづ子から目を離してはいけませんよ」と注意している。

「しづ子のことはご案じくださいますな。お前さまもお体に気をつけて。腰を痛めたらすぐに按摩（あんま）さんを呼んでくださいよ」

八重が言うのは平右衛門が前に腰を痛めたことがあるからで、何をしても治らなかったその痛みを治してくれたのが葛木多陽人であった。しかし、伊香保への旅の間は多陽人も江戸にはいない。八重はそのことを案じているようであった。

「私のことは心配いらない」

寂しさを振り払おうとするかのように、少しぶっきらぼうに言った平右衛門は付き添いの三人に目を向けた。

「庄助とおせい、助松も体に気をつけなさい。八重としづ子のことは頼んだぞ」

三人はそろって「へえ」と頭を下げる。すでに振り分け荷物を背負っているので、中身がかたかたと小さな音を立てた。

「助松、皆さんにご迷惑をかけるんじゃないぞ」

見送りの人に交じっていた父の大五郎が、最後に進み出て助松に声をかけた。

「うん、分かってるよ」

庄助やおせいは身内に見送ってもらえないのに、自分だけ父親に見送ってもらえるのは何だかきまり悪い。

「倅が迷惑をかけますが、いろいろと教えてやってください」

大五郎は庄助とおせいに言い、頭を下げた。

挨拶が終わると、いよいよ出発である。庄助を先頭に、八重としづ子、その後ろに助松とおせいが続く。伊勢屋の店前まで見送りに出た人々に別れを告げ、一行は日本橋から中山道を進んだ。

東の空からぐんぐんと上り始めたお天道さまが、まるでこの旅を祝ってくれているようだ。そう思いながら、助松は力強い足取りで歩んでいった。

朝まだ早いこの時刻、助松たちのように、振り分け荷物を背負った旅人の姿はちらほら見受けられる。また、奉公先へ向かうらしい町人の姿もあれば、魚や豆腐、青物の棒手振りの声なども聞こえていた。

日本橋を出立して初めの宿場は板橋となる。茶屋などはすでに店を開けていたが、八重もしづ子もまだまだ行けるというので、休息は取らずに歩み続けた。

この辺りはしだいに寂れてきてはいるものの、まだ見慣れた江戸の景色と思うことができた。しかし、板橋宿を越え、平尾追分で中山道から分岐した川越街道へ入ると、風景は徐々に装いを変えていく。江戸にも田畑はあるが、ここではそれがどこまでも広がり、遠くに見える山の麓まで続いているような感じ。実際はそんなことはないと思うが、そう錯覚させるような景色が果てしなく広がっていた。

「さすがは武蔵野ね」

と、しづ子が感心したように呟いた。

「助松と真間へ出かけた時、田畑の続く景色はいくらもあったけれど、あの時とは広大さが違う気がするわ」

しづ子の言うことは、助松にも何となく分かる。海に面した下総（しもうさ）は広野（こうや）ではなかった。今、武蔵国を北西へ進む道は海に背を向け、ひたすら広野を突き進む感じがする。

「この辺りが武蔵野なんですね」

助松は笠の縁（ふち）に手をかかげながら、空を見上げて呟いた。

「紫草（むらさき）でよく知られた土地なんだけれど、今は菫（すみれ）がいっぱい見られるわ」

しづ子が少し先の道端を指さし、歓声を上げる。女中のおせいが「本当に」と明るい声で応じた。

「桜も終わってしまって残念と思っていたのですが、武蔵野では菫が見られるんですねえ」

「これから行く上野の辺りは春が遅いから、もしかしたら遅い桜が見られるかもしれませんよ」

八重がそんなことを教えてくれる。

「まあ、そうなんですか。それは楽しみですねえ、お嬢さん」

おせいの言葉に、しづ子は笑みを浮かべた。

「この辺りは道で出くわす人も少ないから、あなたの好きなお歌について、皆に話してあげたら？」

下練馬宿（しもねりま）を過ぎ、新座郡（にいざ）へ入った頃、八重がしづ子に言い出した。

「あなたが奉公人をつかまえてはいろいろ聞かせたせいで、庄助もおせいも歌を少しは知っているようだし。助松はもっとくわしくなっているんじゃないの？」

八重の言う通り、しづ子は店の奉公人たちに、折を見つけては歌について話してやることが多い。奉公人たちの方も、しづ子が節をつけて歌っているのを聞けば、何だろうと興味を持つ。説明してくれるとなれば、話を聞いてみようと思う者も少なくなかった。

残念ながら、助松のようにもっと教えてくれとしづ子に頼み込む奉公人はいなかったが、それでも伊勢屋の者たちは歌に親しむほうである。

「はい。ぜひお嬢さんのお話がお聞きしたいです」

助松がすかさず言うと、「あたしもです」とおせいも言った。

「私も近頃は、助松に先を越されてしまいましたが、この旅でお嬢さんに鍛え直してもらいたいと思っておりました」

庄助も熱心な口ぶりで言った。多少は、店のお嬢さんへのお愛想も混じっているだろうが、決して口先だけの言葉とも聞こえない。

「そうねえ」

しづ子は素直に嬉しそうな表情を浮かべた。

「せっかく武蔵野を歩いているのだから、やっぱり武蔵野の歌がいいかしら」

少し思案した後、しづ子は歌を口ずさみ始めた。

恋しけは　袖も振らむを　武蔵野の　うけらが花の　色に出なゆめ

しづ子の声は透き通っていて美しい。特に歌を口ずさむ時は独特の節回しをつけているので、まるで音曲を聞いているような豊かな心持ちになれるのだ。

しづ子の前を歩いている庄助はそれが存分に味わえるだろうが、後ろを歩くおせいと助松にとっては声が半減されてしまう。もっとよく聞こうと、つい前のめりになっていたら、

「もう少し近くへいらっしゃい」

と、微笑を浮かべた八重から誘われた。道も広く、往来の人もあまりいないので、おせいと助松はしづ子の斜め後ろにぴたりとついて、歌声に耳を澄ませた。歌の朗

誦が終わると、

「この歌はね、『万葉集』にある歌で、うけらという花を詠んでいるの」

と、しづ子の歌解きが始まる。「でも、今は咲いていないわ」とすぐに言葉が続いた。うけらは菊の仲間で、秋の野に咲く花だという。ほんの少し薄紅色のついた白い花だそうで、目立たないのがその特色らしい。

「恋しいならば袖を振ってくださいな。でも、うけらの花が目立たないように、あなたも決して目立たないようにしてくださいよ。そう詠っているの」

「それって、秘めた恋ということですね」

おせいが興味を惹かれた様子で訊き返した。

「そうね。人に知られてしまったら、壊れてしまうような恋なのだと思うわ」

そう答えたしづ子は、もう一首、歌を口ずさんだ。

武蔵野の　草は諸向き　かもかくも　君がまにまに　吾は寄りにしを

「この歌はさっきの歌の次に出てくるの。『武蔵野の草は右にも左にも靡くもの。そんなふうに、私はあなたの言うがまま、あなたに靡いてしまいましたのに……』って言っているのよ」

「さっきの歌と対（つい）になっているんですか」

助松が首をかしげると、「そうねえ」としづ子も首をかしげた。

「前の歌が、恋心を抑えきれない相手に向かって詠んだものだから、その相手が『私はあなたの意のままです』って返したとも考えられるわね」

と、応じたものの、実のところは二首とも詠み手の名が不明で、よく分からないのだとしづ子は答えた。

「でも、対の歌なら、初めが女の人で、次が男の人なんじゃないでしょうか。武蔵野に暮らす美しい女に、都からやって来た地位のある男の人が夢中になって……」

おせいがどことなくうっとりした調子で呟く。すると、

「いや、むしろ逆なんじゃないのか」

突然、振り返って庄助が言い出した。

「東男（あずまおとこ）に京女って言うじゃないか。東の女に都から来た男が惚れるとは思いにくい。むしろ、東女の方が都の男に夢中になっちまったんだろう。だから、あまり目立ったことをするなと男がたしなめ、女はあなたのおっしゃる通りにしますって答えてるんじゃないかな」

庄助の口の利き方がくだけているのは、おせいを相手に話しているからだろう。一通り自分の意見を言い終えた後、庄助は急に真面目な表情になると、

「お嬢さんはどう思われますか」

と、丁寧な口ぶりになって尋ねた。

「そうねえ」

と、しづ子はどちらに肩入れするでもなく、こういう話を人と交わせるのが楽しくてたまらないという様子で呟く。そして、自分の意見は言わずに、

「助松はどう思う？」

と、助松に話を向けた。

「えっ、おいらにはよく分かりません」

助松は困惑して呟いた。

「おせいさんの言うことも、庄助さんのお話も、言われればそうだなあと思えてしまうし……」

言い訳するように付け足すと、

「お嬢さん、いけませんよ」

と、おせいがしづ子をたしなめるように口を挟んだ。

「助松にはまだ早すぎます、その手のお話は」

「そうだったかもしれないわね」

しづ子は生真面目な調子で反省するように言った。

二

その日は川越までは行かず、その直前の大井宿で泊まることになった。庄助が八重と相談の上で旅籠を選び、声をかけたところ、男部屋と女部屋を二つ用意してくれるという。そこで、その「鈴乃屋」という旅籠で一泊することとし、しづ子たちはその宿の土間へと案内された。

女中たちが慌ただしく盥を持ってきて、順番に泊まり客たちの足を清めている。ここ大井宿は江戸から八里（約三十二キロ）、往来の客が多いわりに、旅籠の数が少ないとかで、どの宿も繁盛しているらしい。

「ちょっと……」

と、庄助が店の手代らしき男に声をかけられ、端の方へ連れられていった。他の者たちは足を洗う順番が来るまで、土間で少し待たされることになった。

こういう宿が何をしているかは知っている。

初めて入る街道の旅宿をじっくりと眺めやりながら、しづ子は思いをめぐらした。

この手の宿には、飯盛女と呼ばれる女中がいるのだ。言葉はご飯をよそう女だから、給仕をするだけかと思いきや、そうではない。その手の女たちが何をするかは、三味線を習いに行くお師匠さんの家で、他の娘たちから教えてもらった。しづ子が旅に出ると告げたら、習い事の仲間たちはうらやましそうな顔をしながらいろいろ尋ねてきたものである。

「若い男の奉公人も、お供に付いていくんでしょう？」

そう訊かれ、しづ子はうなずく。

「ええ、二人ほど。一人は二十代、もう一人はまだ十三になったばかりだけれど」

「その子に、飯盛女はいらないわね。でも、二十代の手代さんは欲しがるかもしれないわ」

「おかみさんとお嬢さんが一緒じゃ気兼ねするだろうから、しづ子さんが気遣ってあげなきゃだめよ」

しづ子がきょとんとしていたら、仲間たちは「嫌だわ、とぼけないで」と笑っていた。が、しづ子が本当に知らないと打ち明けると、含み笑いを漏らしながら教えてくれた。

吉原くらいはしづ子だって知っている。しかし、しづ子のような女が泊まることもある宿に、その種の女がいることとは思いも寄らぬことであった。

庄助が宿で女を買おうがどうしようが、役目に支障がないのであればかまわない。

しかし、

（葛木さまもそうなのかしら）

と、しづ子は旅に出る前から、ひそかにそのことが気になっていた。まさか、本人に訊くことなどできないし、その手の宿は避けてくれ、多陽人にも泊まらせないでくれなどと、母や庄助に頼むこともできない。相談相手になってくれそうなのはおせいくらいだが、おせいにしたところで、しづ子の悩みを解決してくれるわけではない。

（楽しいはずの旅が……）

すっかり憂鬱なものになってしまった。

（でも、あの葛木さまが女を買ったりなさるかしら）

その姿はあまり想像がつかない。しかし、あの容姿である。多陽人の方から何もせずとも、女の側から強引に寄ってくるのではあるまいか。涙ながらに不遇な生い立ちなど聞かされれば、せめて暮らしのたしにでもしてくれろと、女の言うがままになるのではないか。

そんなことを考えていると、悪い想像ばかりが真に迫って感じられ、しづ子は胸が苦しくなった。

「お嬢さん、お疲れが出てしまいましたか」

おせいが心配そうに声をかけてきた。

「今日は歩き詰めでしたからねえ」

助松もしづ子の顔をのぞき込むようにしながら、案じてくれる。

「いえ、大丈夫よ」

しづ子は二人に心配かけまいと、無理に笑顔を作った。そのうち、話の終わった庄助が皆のところへ戻ってきた。「何の話でしたか」と八重が尋ねると、「いやあ」と気まずそうに言葉を濁している。

「おかみさん、ちょっと」

と、庄助は八重に目配せした。察した八重がしづ子たちから離れ、庄助と内緒話をするように端へ寄る。しづ子はすばやくおせいに目配せをした。

おせいはしづ子付きの女中で、もう何年も一緒にいる。今のような状況で内密の話を探り出し、しづ子に知らせるのもおせいの役目だ。しづ子より二つ年上の二十歳(はたち)で気働きのできるおせいは、この手の役目で失敗することはない。

この時も、足の位置を動かしたとも気づかれぬほどひそやかに、八重と庄助の近くへ寄り、その内緒話を聞き取ってきた。

しづ子がその内容をおせいから教えてもらったのは、部屋へ案内されてからのことである。庄助と助松は他の男客と相部屋になるそうだが、しづ子たち女三人は個別の部屋を都合してもらえた。

「さっきは何の話だったの」

しづ子は八重が離れたのを見澄まして、おせいに小声で尋ねた。

「いえ、何てことない話ですよ」

おせいはふふっと笑った。

「ここは飯盛女を置いてないんですって。それを承知してくれろと庄助さん、言われたんですよ」

「それだけ？」

「はい。それだけ」

聞くなり、しづ子も笑い出していた。後で問題が起こらぬよう、初見の男客には一応断るようにしているらしい。

庄助は話の中身をしづ子に聞かれるのを憚り、八重にだけ告げたのだろう。

「でも、お嬢さん。何のことか、お分かりなんですか」

おせいが探るような目を向けてきた。

「おせいが分かっているように、私も分かっています」

しづ子は言い返し、そっぽを向いた。ここで宿を取ることにして本当によかった。帰りもどうせ泊まるのなら、この大井宿の鈴乃屋にしてもらおう。

「お嬢さん、さっきよりお顔色がよくなったみたいですね」

気がつくと、おせいはにやにや笑っていた。

翌朝、しづ子は鈴の音で目を覚ました。

部屋の窓を開けて外の通りを見下ろすと、春霞が漂い、辺りは白く染まっていた。霞や霧は江戸でも見るが、旅先で見るそれは一段と味わいがある。

しかも、その白い霞の中から、ちりん、ちりんと鈴の音だけが聞こえてくるのだ。朝早くのことであるから、まだ眠っている人もいるだろう。夢の中の音と取り違えているかもしれない。

しづ子はそのまま目を閉ざした。やがて、ぽくぽくと規則正しい音がこちらに近付いてくる。

（あれは、馬蹄の音……）

そう思って目を開けると、宿の前の道を馬が歩んでくるのが見えた。鈴の音はその馬につけられたもののようである。

（あら、人が乗っているわ）

その人の顔をよく見ようと目を凝らすと、やがて霞の中から、馬上の人がくっきりと姿を現した。

（あれは、葛木さまっ）

しづ子は驚いた。どことなく冷たく整った顔は見間違えようがない。しかし、本当に葛木多陽人なのか。馬上の男はしづ子の見たこともない服装をしていた。

冠を被り、太刀を身に着けている。衣服はあえて言うなら神職の者が着ているものに近いか。しかし、紅色の鮮やかな色合いはとても神職のものとは見えない。

その時、多陽人が上を向いて、しづ子の方を見つめてきた。その口が動いている。何と言っているのだろうか。よく聞こえない。

身を乗り出すようにして耳を澄ませると、

「……諸向きかもかくも……吾は寄りにしも」

すべては聞こえなかったが、ところどころの言葉は聞き取れた。あの武蔵野の歌だと、しづ子はすぐに分かった。多陽人は告げているのだ、「あなたの望むまま、私はあなたに靡いているのに」と――。

「葛木さま、私のことをそんなふうに思っていてくださったのですね」

私もです――今こそ想いを伝えなければならないと、気持ちが焦った。多陽人の乗る馬は留まってはおらず、しづ子の泊まる宿の下を、今にも通り過ぎていってしまう。

「待って」

しづ子は思わず身を乗り出した。と、次の瞬間、体がふわりと宙へ浮く。

下へ落ちる――多陽人の姿は消え失せ、目の前が真っ暗になった。そして――。

「お嬢さん！」

しづ子は体を大きく揺さぶられ、両目を開いた。目の前にいるのは、女中のおせいである。

「夢でも見ていらっしゃいましたか」

おせいがあきれたような目で問いかけてきた。気がつくと、母の八重もすでに起きており、しづ子とおせいのやり取りを微笑みながら見守っている。

「もう朝でございますよ。いくらお疲れでも、そろそろ起きてくださらないと」

「私、もうとっくに起きて……」

「何をおっしゃっているんですか。たった今、あたしがお嬢さんをお起こししたんですよ」

目を覚ました夢でも御覧になってたんですか、とおせいから笑われた。

そうか、あれは夢だったのかと、しづ子は納得した。確かに多陽人の格好は、まるで『万葉集』の時代の役人かと思われるようなものだった。たぶん自分は昨日の武蔵野の歌のことが頭に残り、あんな夢を見てしまったのだろうと思う。

その瞬間、鈴の音がよみがえった。小さな音だったが、ひどく澄んだ音色だった。

「鈴の音がしていたわ」

思わずしづ子が口走ると、八重とおせいは顔を見合わせた。

「夢のお話ですか」

「ええ。目が覚めて宿の窓から下をのぞくと、鈴をつけた馬が歩んでくるの」

その馬に多陽人が乗っていたということまでは口にしなかったが、しづ子の話に八重とおせいは驚きの表情を見せた。

「変ですね。お嬢さんはずっと寝ていらしたのに、どうしてそのことを知ってらっしゃるんでしょう」

と、おせいは首をかしげている。

聞けば、この宿場には旅人のための厩(うまや)があるが、そこの馬には鈴がつけられているのだという。というのも、遠い昔、朝廷から賜(たまわ)った馬に鈴がつけられていたことに由来しているのだとか。

「お嬢さんが目覚める前、確かに宿の下を馬が通っていきましたが、その音を聞いて、夢を御覧になったのかもしれませんね」

おせいはそういうことで納得したらしい。

「さあ、すぐにお支度をなさってください。庄助さんと助松、それに後から宿へお入りになった葛木さまにご心配をおかけしないように」

おせいの口から漏れた想い人の名に、思わずどきっとするのを必死にこらえ、しづ子は急いで支度を調えた。

三

大井宿の鈴乃屋を無事に発った後、一行は川越を目指した。川越街道はここで終わり、ここからは児玉街道を進んでいくことになる。上野国へ入る前に中山道と佐渡街道が交わる金窪村へ行き、藤ノ木の渡しで川を渡って、いよいよ上野国へ入る予定であった。

霞が消えた後は、すっかり晴れ渡った武蔵野を進みながら、

「この辺りには、前に教えてくださった真間の手児奈のような物語はないんですか」

と、助松はしづ子に問うた。

「そうねえ」

と、思案顔になったしづ子はややあってから、ぱっと表情を明るくした。

「私たちが通っていく道からは少しそれるけれど、佐野という所によく知られたお話があるわ」

その話をもとに作られた歌も『万葉集』に載っていると聞かされ、助松はぜひ聞かせてほしいと頼み込んだ。

しづ子は承知し、おもむろに語り出した。

「佐野の地を流れる川の両岸に、別々の村があってね。それぞれの村の長者さんの息子と娘が恋仲になったの」

二人は人目を忍んで逢っていたが、その時に使っていたのが川にかけられた舟橋だった。これは、舟を連ねてその上に板を渡した浮橋である。

二人の秘密の逢瀬はやがてそれぞれの親に知られ、親たちは二人を逢わせまいと舟橋を取り除いてしまった。

二人はそのことを知らぬまま、日も落ちてから舟橋を渡ろうとして川へ落ち、おぼれ死んでしまったという。

上野　佐野の舟橋　取り放し　親は離くれど　吾は離かるがへ

いつもと同じように、しづ子は歌を口ずさんだ後、その意味を口にした。

「上野の佐野の舟橋を取り外して、親は私たちを引き離そうとするけれど、私は決してあなたから離れはしません、と詠んでいるのよ」

「でも、二人とも川に落ちて死んじゃったんですよね」

助松が目を瞠って尋ねると、あくまでも言い伝えだからはっきりしたことは分からない、としづ子は言った。

「かわいそうな恋人たちが死んでしまった後、別の誰かが二人の気持ちになって詠んだ歌かもしれないし、逆にこの歌をもとに、さっきのようなお話が生まれたのかもしれないわ。それなら、二人が死んだっていうのは、お話を盛り上げるための作り事になるわね」

「そうだったんですか。作り事だった方がいいですね」

少し安心して呟いた助松は、そういえば、真間の手児奈のお話もこうであればいいという人々の願いが生み出した作り事かもしれないと、葛木さまが言っていたな、と思い出した。

人は案外、かわいそうなお話が好きなのかもしれない。

「真間も継橋がありましたし、今のお話にも舟橋が出てきて、橋があるところにはいろいろなお話が生まれるんですね」

ふと思いついたことを言うと、「その通りね」としづ子はうなずいた。

「橋は今いる場所とは違う、別のところへつないでくれるものだから、そういうお話が生まれやすいのでしょうね」

と、そんな話をしているうちに、やがて児玉宿へ至った。

ここから児玉街道を逸れ、中山道の脇道である佐渡街道を目指す。佐渡街道は金窪村で中山道と分岐するのだが、そこから佐渡街道を北上すると、国境（くにざかい）を流れる烏川（からすがわ）にぶつかる。利根川の支流というこの川を、藤ノ木の渡しで越えると、そこはもう上野国であった。

一行が渡し舟に乗ってしばらくすると、

「半年前、真間へ行った折にも、舟に乗ったことを思い出すわね」

と、しづ子がぽつりと呟いた。助松は「はい」とうなずき返しながら、あの時は一緒だった多陽人と千蔭が今いないことを、少し物足りなく思った。

多陽人はこの次の舟に乗るつもりなのだろうかと、武蔵国方面の渡し場に目をやったが、次第に遠のいていく岸辺に多陽人の姿はない。

その時、助松はふと川面に揺れる白いものを見つけて、目を凝らした。

「お嬢さん、あれ、何でしょう」

白波を見間違えたわけではないと思うが、揺れ具合によって見えたり見えなくなったりするのではっきりしない。

「確かに……白い何かが……他にも藁のようなものが見えるわ」

と、しづ子も気づき、気を利かせた庄助が「船頭さん、あそこ。何か浮いていますよ」と、船頭に声をかけてくれた。

「……ああ。何だろうね」

船頭は棹を器用に操り、そのものが流れてくるところへ舟を寄せてくれた。機を逃さず、庄助が腕を伸ばして、謎（なぞ）のものを掬（すく）い上げる。

「これは……何だ」

庄助の手にあるのは、長さ五寸（約十五センチ）ほどの藁を編んで作った何かだ。細長い舟の器のような形で、中には白いものが入っている。助松が初めに見たのはそれのようだが、庄助が取り出そうとしても、舟から落ちないように固定されていた。

「ちょっと、それ。何だか人の形に見えませんか」

おせいが気味悪そうな声を上げて、中の白いものを指さす。

「確かに、人形（にんぎょう）のようですね」

頭は玉形を白い布で包んだだけで、目鼻などはついておらず、胴の部分は白い紙を衣服の形に切り抜いただけの簡素なつくりであった。

「『ひとがた』だと思うわ」

やがて、しづ子が慎重な口ぶりで告げた。

「それって、災いを祓（はら）うため、人形にうつして川に流すってやつですよね」

庄助がまずいものを掬い上げてしまったのではないかと困惑した顔つきで、しづ子に問う。

「そうね。人形祓（ひとがたはらい）ともいうわ」

「庄助、それはそのまま川へお戻しなさい」

八重が言い、「はい」と庄助は弾かれたように、藁の舟を川へ戻した。そして、そうせずにはいられないという様子で、流れていく藁舟に向かって両手を合わせている。それが作法なのかどうかは分からないが、誰かの災厄が伊勢屋の皆に移ったりしませんように、と助松はひそかに祈った。

「人形祓は古くから行われてきた風習だけれど、この辺りでも行われているのねえ」

「川上の村人が流したものなのでしょうか」

八重としづ子が感慨深い様子で言葉を交わしていたが、船頭や他の乗客たちがその会話に加わることはなく、やがて藁の舟は見えなくなった。

間もなく、皆の乗る渡し舟は上野国の川岸へ到着した。

舟を降り、佐渡街道をしばらく進んでいくと、今度ははらはらと白いものが目の前をよぎっていった。「あら」と、しづ子が声を上げる。

「まさか、雪……？」

確かに上野へ入ると、肌に感じる風の冷たさがぐんと増したような気はするが、冬に戻ったというほどの寒さではない。助松はすばやく白いものを手の中に捕らえたが、まったく冷たさは感じられなかった。

ゆっくりと手を開けると、中に入っていたのはほんの少し薄紅色に染まった桜の花びらである。

「あ、桜の花ですよ、これ」

助松は明るい声を上げ、本当に桜だと皆が感動の声を上げた。

やはり上野は季節の進みが江戸より遅いようだと言い合いつつ、この日は佐渡街道の大久保宿で泊まることになった。大久保宿をそのまま進むと渋川宿に至り、三国街道と合流するのだが、助松たちはそこまでは行かない。この大久保宿から伊香保街道と呼ばれる道を進むのである。

佐渡街道を主に使うのは佐渡の金と佐渡へ送られる罪人であった。そのため、宿場ごとに牢屋があるなど、他では見られない特色もあるという。

「はあ。お客さんたちは伊香保へ行かれるんですか。あそこは人気がありますからねえ」

江戸からの客が増え、この佐渡街道沿いの宿場も以前よりずっと賑わうようになったのだと、宿の女中が教えてくれる。

「いちばん人出が多いのは紅葉の頃ですよ」

桜の頃はそこまでではないにせよ、ふだんよりは客が多くなるという。

「けんど、今はもう花も散りかけてますから、それが目当てのお客さんはおらんでしょう」

その後、続けて夕餉の膳を運んでよいかと訊かれたが、

「人を待っていますので、もうしばらく後にしてください」

と、八重は答えた。

「あれ、もうお一人、お客さまですかね」

「いえ、こちらに泊まるかどうかはまだ分かりません。ただ、私たちを訪ねて後から一人参りますので、こちらへ通してください」

こうして、一同は多陽人を待ってから夕餉を頼むことにしたのだが、昨日と違って、多陽人はなかなか現れない。

「昨日は四半刻（しはんとき）（約三十分）も待たないうちに、いらっしゃいましたよねえ」

到着からはそろそろ半刻（はんとき）（約一時間）になるかという頃、おせいが呟いた。

「まさか、葛木さまの身に何かあったのでは……」

しづ子は気が気でないという様子で、

「私たちの後から、ちゃんと付いてきてくださっていたのよね」

助松、庄助、おせいの顔を順に見やりながら問うた。助松は庄助と顔を見合わせる。

「葛木さまのお姿は、一度も確かめていないので」

と、庄助が困惑気味に答えた。というのも、護衛がいることを人に悟られては意味がないので、やたらと振り返るようなことはするなと、平右衛門から言われたからだ。

とはいえ、助松はやはり気になったので、ひそかに何度か振り返ってみた。

だが、一度も多陽人の姿を見てはいない。ほとんど誰も通っていないような道で振り返っても同じだった。

（もしかして、隠形の術というやつを使っておられるのかな）

ひそかに助松はそう思いめぐらした。先祖が陰陽師だったという多陽人は、自ら陰陽師と名乗りはしないが、不思議な術を使うことができる。隠形の術とはその場に本人はいるものの、周りがその人を見ようと思わなくなる術だと、助松は聞いていた。その効果のほどは身をもって実感している。

「私も何度か後ろを見たけれど、葛木さまのお姿はなかったわ。そなたたちはどう？」

しづ子から訊かれた助松とおせいは、首を横に振った。

「目立たぬように後ろを守るのは、護衛としてのお役目でしょう。私たちが心配するのはお門違いです。もうしばらく待ってみましょう」

八重はさすがに落ち着いており、焦っている様子のしづ子をたしなめた。

確かに、日本橋伊勢屋の八重としづ子が金目当てに狙われることはあるとしても、多陽人が狙われる理由は思いつかない。

（でも、葛木さまがこれまでどんなことをして暮らしてこられたかは、おいらたち、誰も知らないからなあ）

助松は謎めいた多陽人の過去に思いを馳せたものの、口にすれば、しづ子を余計に不安がらせるだけだと思い、口をつぐんでいた。

多陽人が宿へ現れたのは、一行が到着してから半刻を少し過ぎた頃であった。

「いやいや、遅うなってしもて、申し訳ないことどした」

宿の女中に案内されてきた多陽人は、いつものように落ち着いた様子であった。

「何事もなくてようございました。が、何か思いがけないことがあったのなら、私どもにもお聞かせくださ い」

八重の言葉に、多陽人は静かにうなずいた。

「初めに、伊勢屋はんに何かよくないことが起きてるわけやないことをお伝えしときます」

多陽人はまずそう言って、皆を安心させた後、

「ちょうど国境の辺りで、妙な気配を感じたさかい、調べてたんどす」

と、打ち明けた。

「それは、藤ノ木の渡しの辺りですね」

八重が今日の道中を振り返るような表情を浮かべて訊き返す。助松は烏川を流れてきた藁舟の人形をふと思い出した。

「そうどす。あの辺りは毘沙吐村というて、烏川を越えたところが上野どすな」

その毘沙吐村の様子がどうもおかしかったと、多陽人は言う。その妙な感じはふっ

うの人には気づけないほど些細なものだが、多陽人には感じ取れた。強いて言うなら、村人たちの警戒心が棘のように鋭く刺さってくる気配がしたのだそうだ。

　多陽人はいったんその村を過ぎ、一行に付いていったが、皆が無事に川を越えたのを見届けた後、再び村へ戻って様子をうかがったという。

「その間、皆さまと少し離れてしまいましたけど、警護をおろそかにしたわけやおへん。離れてても何かあれば分かりますし、すぐに駆けつける方法も心得てますさかい」

　そんな方法があるのかと、ふつうならば訊き返すところだが、多陽人の力についてはよく分からぬながらも信頼している伊勢屋の人々から、懸念の声は上がらなかった。

「それで、お調べになったところ、何か分かったんでしょうか」

　八重が問うと、多陽人は少し首をかしげた。

「へえ。余所者には知られんように用心してはって、すっかり明らかにとはいきまへんが、一つだけ分かりました。何でも、烏川に金が出たのやとか」

「金……？」

　庄助と助松は同時に声を上げていた。

「烏川は、砂金の取れる川ということなのでしょうか」

　しづ子が尋ねると、多陽人はあいまいにうなずき、

「ふつうはそう考えますな。けど、金が取れたのはただ一度きりで、その後、村人たちが目の色変えて川を漁ってもまあったく」

と続けて、首を横に振ってみせる。

「大半の人はあきらめはったそうどすが、まだ川漁りをしてる人はおりましたな。けど、余所者には知らせんようにしてるんで、事情をつかむのに暇がかかりました」

村人たちの堅い口を何らかの方法でこじ開け、そのことを多陽人は調べ上げた。金の話が世間に広まり、役人でも駆けつけてくれば旅にも障りが出るだろうが、今のところ問題はないだろう。そう見極めて、自分も毘沙吐村を引き揚げてきたのだと、多陽人は話を終えた。

「実は、私どもも舟に乗った時、あるものを見つけたのですよ」

と、八重が言い、しづ子や庄助と顔を見合わせながら、藁舟に乗った人形を掬い上げたものの、人形祓だと思い、元へ戻したという話を多陽人に聞かせた。

「人形祓どすか」

多陽人は少し考えをめぐらせるような表情をしたものの、それ以上、何かを口にすることはなかった。

「葛木さま、庄助さんは大丈夫でしょうか。誰かが流した人形を触っちゃったんですけれど」

助松は先ほどから気になっていたことを多陽人に尋ねた。庄助はやはり気がかりなのか、神妙な表情で黙っている。

「はあ、あれは災いを水へ流して清めるもんやさかい、災いが人に移ることはおへんが、気になるんならお祓いをしておきまひょか」

多陽人は人形に触れたのが庄助だけだと確かめると、庄助を正面から見据え、

「……祓戸(はらえど)の大神(おおかみ)たち、もろもろの禍事(まがこと)、罪、穢(けが)れ、あらんをば祓いたまい、清めたまえ」

と、祓言葉を口にした後、右手を軽く上の方へ何かを払うように振り上げた。

「これで仕舞いどす。もうお気にせんとよろしおす」

多陽人からそう言われると、心から安堵(あんど)したらしく、

「ありがとうございました」

と、庄助はすっかり憂いの晴れた顔で礼を述べた。

「では、私どもはこのまま旅を続け、明日には伊香保の関所へ出向いてよろしいでしょうか」

最後に八重が尋ねると、多陽人は大丈夫だろうと答えた。関所さえ無事に抜けられれば、明日は伊香保に到着である。

「葛木さまは今宵は私たちと同じお宿へ？」

続けてしづ子が尋ねると、

「このお宿はもういっぱいなんやそうどす。せやさかい、近くの別の宿を取るつもりどす」

と、多陽人はさして残念そうでもなく答えた。反対に、しづ子の表情は少し沈み込んだ。

「明日は、私のことは気にせずお発ちになってかましまへん。ちゃんと皆さまが伊香保のお宿に到着するまで、護衛いたしますさかい」

と、多陽人は言い置き、別の宿へと移っていった。

その後、八重が女中を呼んで、夕餉の膳を用意してくれるように頼んだ。それを待つ間、

「烏川からたくさん金が出てきたらすごいですよね。佐渡金山の近くですし、あり得るんじゃないでしょうか」

と、助松は庄助に言ってみたが、庄助はまずあり得ないと首を振る。

「近いったって、江戸から見りゃ近いっていうだけだ」

佐渡の金を持ち運ぶ時、落としたってこともないだろうしな、と軽口のように付け加えて笑うだけだ。その顔はすっかり元気を取り戻した様子で、やはり多陽人のお祓いが効いているようだと、助松はひそかに思う。

「そういえば、烏川って確か」

その時、しづ子がふと気になる様子で呟いた。

「何ですか、お嬢さん」

先を促すように訊いたおせいに、

「川を渡る前に話した舟橋のこと、覚えてる？」

と、しづ子は目を向けて尋ねた。

「佐野の舟橋のことですよね。川を挟んで暮らす長者の倅と娘が、二人で逢うのに使っていたっていう……」

「そう。確か佐野を流れる川って、烏川だったんじゃないかと思うのよ。『万葉集』に川の名前は出てこないので、私もうっかりしていたのだけれど……」

「そうだったんですか」

恋人たちが引き裂かれて死んだことと、金が出たことや人形が流れてきたことは何の関わりもない。それは明らかなのに、何となく皆は互いに顔を見合わせ、無言になっていた。

もし本当に烏川から金が取れるのだとしたら、それは悲しい恋人たちの霊が施したものなのか。それとも、彼らの恨みの念がもたらそうとする災厄の種なのか。

（まさか、そんな——）

そうは思ってみるものの、多陽人が毘沙吐村を調べようとしたことも、助松は何か気にかかった。が、ほどなく湯気の立つ膳が運ばれてくると、それも忘れてしまった。温かな白飯に、この辺りの川で獲れるという岩魚の塩焼き、山菜の煮つけはこの上もなく美味かった。

第三首　伊香保ろの

一

翌日、一行はゆっくりと大久保宿を発ち、西へと進んだ。途中、三叉路に出くわし、右へ進むと越後（えちご）、渋川、左へ進むと伊香保、水沢（みずさわ）と道標（みちしるべ）がある。左の道を進み、野田（のだ）宿を過ぎて伊香保へと向かった。

この日の道中はさほど長くはなかったが、その間、助松たちはしづ子から伊香保の歌を教えてもらった。

伊香保ろの　岨（そひ）の榛原（はりはら）　ねもころに　奥をな兼ねそ　現在（まさか）しよかば

「伊香保ろというのは、榛名（はるな）山のことね。赤城（あかぎ）山、妙義（みょうぎ）山と合わせて、上毛三山（じょうもうさんざん）と呼ばれているわ」

しづ子の説明に、助松たちはすぐ目の前に迫る山を見つめた。

「榛原っていうのは、榛（はん）の木の生えた林の原ってことね。榛の木は根が入り組んでいるの」

続く「ねもころに」は榛の木の「根」を指すと同時に、「懇ろに」——つまり「熱心に」という意味もかけられているという。

「伊香保の山に沿う榛原の根が入り組んでいるように、あれこれと心を尽くして思い悩むな、今さえよければそれでいいのさ、という意味なのよ」

「木の根が入り組んでいる様子を、人が頭の中で思い悩む様子にたとえているんですね」

助松が感心して呟くと、「風変わりなたとえですけど、何だか分かりますねえ」とおせいも言った。

「でも、今さえよければいいって、ずいぶんのんきですね。昔の人はそんなふうだったんでしょうか」

「そんなことはないわよ」

おせいの言葉に、しづ子は笑った。

「この歌を受け取った相手はむしろ、とても思い悩む質だったんだと思うわ。だから、こんな歌を贈られたのよ」

「あ、そういえばそうですねえ」

自分の迂闊さがおかしいという様子で、おせいも笑った。

「昔の人は、どんなことに思い悩んでいたんでしょうか」

ふと興味を引かれたという様子で、先を歩いていた庄助が口を挟む。

「私たちと大して変わらないのではないかしら。でもね、この歌についていえば、たぶん恋に関わることだと思うの」

しづ子は自信たっぷりの様子で答えた。

「恋ですか？　あんまりそうは聞こえなかったですけど」

庄助が首をかしげている。

「この歌は、東歌といって、東国の民が詠んだ歌の中に入っているのよ」

そう言って、しづ子が助松に目を向けた。

「前にお嬢さんから教えていただきました。東歌には恋の歌が多いんですよね」

助松が言うと、しづ子は満足そうに大きくうなずき返す。

「そうなの。この歌もいちいち恋の歌とは書いていないのだけれど、あれこれ思い悩んで恋に踏み切れない相手に対し、詠みかけていると思えば、二人の立場が何となく見えてくると思わない？」

「確かにそうですねえ。お互いに想い合っていても、一方があれこれ思い悩んで踏み切れないなんてことは、どこにでもありそうなお話ですし」

おせいが納得した表情を、しづ子に向けた。

「それにね、『万葉集』には他にも伊香保を詠んだ歌があって、そこではこんなふうに詠われているのよ」

と、しづ子は別の歌を口ずさんだ。

伊香保ろの　八尺の堰塞に　立つ虹の　顕ろまでも　さ寝をさ寝てば

初めの歌より分かりにくく、助松には「伊香保ろ」しか意味が分からなかった。

「この歌はね、虹を詠んでいるの。八尺の堰塞っていうのは水をせき止める大きな堰のことらしいわ。そこに虹が立つって言っているんだけれど、虹は不吉なことの兆しとされていたの」

しづ子の言葉に、おせいがうなずく。

「あたしもよく聞かされました。虹が不吉だっていうのは」

自分も聞いたことがあると、助松もうなずいた。

「あんなにきれいなのに不吉っていうのは、ちょっと変な気もしますけれど」

助松が言うと、しづ子は自分も同じように思ったことがあると言った。

「でも、きれいすぎるものって、何となく不吉な感じを呼び起こすものなのではないかしら」

自分たちとは相容れない別の場所から現れたもののように感じるからではないかと、

しづ子は言う。確かに虹の美しさはそういうところがあると、助松も思った。

「それでね、この歌では恋人に向かって、一緒に……」

そこまで言いかけた時、なぜかしづ子は口を閉ざし、助松を見た。どうしたのかと助松がしづ子を見つめ返すと、しづ子はすっと目をそらし、

「一緒になろう、今でいうなら夫婦（めおと）になろうって言ってるんだけれど、二人の仲は人に知られてはいけないものらしいのよ」

と、何げない調子で説明を続けた。

「だから、この歌では『伊香保山の大きな堰に立つ虹がくっきり見えるように、私たちの仲がはっきり人に知られるその時までは、離れることなく二人で一緒にいよう』って言っているの」

おせいが、はあっと深い溜息（ためいき）を漏らした。

「虹が何だか不気味ですねえ。うまくは言えないんですけど……」

「分かるわ。虹が現れるのは、二人が引き裂かれてしまう兆し、もしくは、二人が結ばれると不幸になる兆し、そんなふうに思えるのよね」

しづ子が言うと、言葉にできなかった自分の気持ちを言ってもらえたという様子で、おせいが首を大きく縦に動かしている。

「じゃあ、この歌を詠んだ人は、自分たちがうまくいかないって分かってるのに、一

緒になろうと言ってるんですか」

　助松が首をかしげて尋ねると、

「そういう恋もあるのよ」

「そうそう。子供の助松には分からないでしょうけど」

と、しづ子とおせいから口々に答えが返ってきた。

　何となく納得がいかないという思いでいたら、振り返った庄助と目が合った。その目は何も言うなと告げているようなので、助松は逆らわないことにした。その後も、しづ子とおせいの話は続けられた。

「どっちの歌も、踏み切れない相手に向かって詠まれたものなんですねえ。もしかしたら、同じ人が同じ相手に詠んだものかもしれないですね」

　おせいの問いかけに、「そうね」としづ子は答える。

「どちらの歌も、先のことより今を大事にしようとしているところが似ていると、私は思うの」

「本当に、お嬢さんのおっしゃる通りです」

　女二人がこれまでになく意気投合し、話が盛り上がっているうちに、一行は伊香保の関所へ到着した。

　間口五間（約九メートル）、奥行き三間の建物を木の柵が囲っており、東西に出入り口がある。寛永八（一六三一）年に設置されたというこの関所へ東口から入り、それぞれ通行手形を確認された後、無事に西へ抜けることができた。出たらすぐに、長い石段が目に入った。

いよいよ伊香保の地へ到着である。

「この石段と水沢のうどんがよく知られているんですよね」

おせいが明るい声を上げて言う。水沢のうどんとは、温泉地からほど近い水澤寺の門前で食べられるうどんのことで、美味しいと評判が高い。

「ここでいちばんよく知られているのは、黄金の湯でしょう」

と、その時、八重が言った。

「それに、忘れてならないのは水澤寺の十一面千手観音さまですよ」

「あ、そうでした。申し訳ありません」

おせいが肩をすくめて言い、助松たちは笑い合った。

黄金の湯というのは、伊香保の湯の色が黄色く濁っているからで、切り傷や火傷の他、冷えや疲労回復にも効能があるという。また、子宝の湯としても知られ、女人の湯治客も多いと言われていた。

ひとまず、一行は平右衛門が事前に話をつけてあるという「玉屋」という宿を目指し、そこで多陽人を待つことにした。

「葛木さま、今日はすぐにいらっしゃるかしら」

しづ子が小さな声で心配そうに呟く。

「葛木さまなら心配いりませんよ。昨日だって、念を入れて調べてくださったために遅くなっただけですし」

助松はしづ子を安心させようとして言ったが、しづ子の表情は浮かぬままである。

「でも、あのように目端(めはし)の利きすぎるお方だから、また何か気になることを見つけられたのかもしれないわ。それに、そういう人って、悪いことを企む人にとっては目障りなものでしょう。よくないことに巻き込まれることだってあるでしょうし……」

「でも、葛木さまは……」

そもそもしづ子たちを守るために雇われている護衛ではないか。しづ子が多陽人の身を案じるなど、本末転倒である。というようなことを言いかけた助松は、肩に手を置かれたのを感じて、そちらへ目を向けた。

訳知り顔をしたおせいが、何も言うなというように、黙って首を横に振る。今日は黙っていろと言われることが多いなと思いながら、助松は口をつぐんだ。

二

　玉屋へ無事に到着した助松たちは、女三人の部屋を一つ、多陽人も含めた男三人の部屋を一つ、割り当てられた。長逗留（ながとうりゅう）する客向きに商いをする宿らしく、これまでの街道筋の宿よりゆったりと落ち着いている。

　助松はいったん庄助と一緒に自分たちの部屋へ入ったものの、その後、女たちの部屋へ行き、一緒に多陽人を待つことになった。

　この日は待つほどもなく、すぐに多陽人が現れた。

「まずは無事に伊香保へご到着、よろしゅうおした」

　多陽人が言い、

「葛木さまもお役目ご苦労さまにございました」

　と、八重が多陽人をねぎらった。

「この温泉地では、危ないこともないでしょう。葛木さまも庄助たちも皆、ここではゆっくり寛（くつろ）ぎ、疲れを癒してください」

　八重の言葉に、皆がそれぞれ頭を下げた。

「これからは、半月ばかり、ここでゆっくりできるのですね」

しづ子が先ほどとは打って変わった明るい声で言う。

「そうね。温泉に浸かって体を癒しつつ、この辺りをめぐってみるのもよいでしょう。おせいの楽しみにしていたうどんもいただかなくてはね」

八重からからかうような笑顔を向けられ、「いやですわ、おかみさん」とおせいが恥ずかしそうに言った。

「あたしは、助松がきっと食べたいだろうなと思って……」

「え、おいらは別に」

急に引き合いに出されて声を上げた助松は、庄助から袖を引かれた。この時は目を合わせる前に、余計なことを言うなという意図を読み取り、口をつぐんだ。

その後、助松は庄助、多陽人と一緒に、自分たちの部屋に戻った。女三人が温泉に浸かった後、助松たちもまずは温泉にという話になっていたのだが、

「私はちょっと出かけてきますさかい」

と、部屋に落ち着く間もなく、多陽人は言い出した。

「え、どちらへ行かれるんですか」

庄助が問うと、

「念のため、この温泉地の中を回っておこうと思います。これも、護衛のお役目やさかい、お二人は気にせんと湯に浸かっておくれやす」

と、多陽人は答え、一人で宿を出ていってしまった。

「せめて湯に浸かってから、お出かけになればいいのに、律儀なところがおありなんだな」

庄助が感心した様子で言う。それから、しづ子たちが温泉から出たのを見澄まし、助松と庄助も温泉に入った。

「黄金の湯っていっても、黄金というより土の色ですねえ」

大雨の後の大川の水のように濁っていると、助松は思った。

「ま、見た目はいいんだよ。それに、濁っている方が体によさそうじゃないか」

庄助はお湯の濁り具合から、効き目があると思ったようだ。

見た目がどろっとしている黄金の湯だが、肌に触れるとさらさらしている。長く浸かっていられる湯加減だったので、二人はたっぷりと温泉を楽しんだ。

「体が軽くなったような気がするよ」

湯から上がった後、庄助が言い、

「おいらもあれだけたくさん歩いたのに、足の疲れがなくなりました」

と、助松も明るい声を上げた。多少は気のせいもあるかもしれないと言い合いつつ、何日も湯に浸かっているうちに、ますます健やかになれるような気がしてくる。

その後、五人はそろって宿を出て、まずうどん屋で昼餉を摂った。

おせいの言っていた水沢のうどんは、水澤寺への参拝者に手打ちうどんをふるまったことから始まったという。この辺りはもとから小麦の粉の産地であり、伊香保の温泉地でも、つやつやしたこしのあるうどんを食べることができた。

「ここにいる間には、水澤寺へもお参りして、その門前のお店で、本場の水沢うどんもいただかなくてはね」

という八重の言葉にそれぞれうなずき返し、満足げな面持ちで店をあとにする。そのまま温泉地をぶらぶら歩いていくと、甘い香りが漂ってきた。

「お嬢さん、菓子屋さんがあるんじゃないでしょうか」

というおせいの言葉に、「たぶんそうだわ」としづ子も期待混じりの声を上げる。菓子屋があると見込んで進んでいくと、最初に目に入ってきたのは茶屋であった。甘い香りはこの茶屋からのもので、ここでは饅頭も食べさせてくれるという。それで、さっそく縁台に腰かけ、注文すると、

「うちで出している饅頭の皮は、黄金の湯を加えて煉り込んでいるんですよ」

饅頭と茶を運んできた女中がもったいぶった様子で言った。よく見ると、饅頭の皮は少しくすんだ色をしており、鈍い光沢がある。

「つややかな照りがあって、本当に美味しそうですこと」

と、八重が褒め称えると、女中はたちまち笑顔になった。

「どうぞごゆっくり」

女中が機嫌よく下がっていってから、皆はそれぞれ饅頭を口に運んだ。まだ温かく、皮も柔らかでふわっとしている。それがこし餡と一緒に口の中で溶けていき、

「美味しいですね」

と、助松は笑顔を浮かべた。時折、奉公人たちに菓子の類が配られることもあるとはいえ、助松が菓子を食べる機会はそれほど多くない。

（でも、ここにいる間は、好きな時にこうして饅頭が食べられるんだな）

八重やしづ子から何か言いつけられない限り、他に仕事はないのだから、奉公人にとっては極楽のような日々である。見れば、庄助もおせいも饅頭を食べながら、本当に仕合せそうな顔をしていた。

（伊香保行きのお供に選んでいただけて、本当によかった）

助松は残った饅頭を口に放り込み、心の底からそう思った。

その晩、多陽人は夕餉が運ばれる頃になっても帰ってこなかった。女中が膳を運んでもいいかと訊くので、取りあえず多陽人の分だけ後で運んでもらうことにして、他の者たちは夕餉を済ませた。

多陽人が玉屋へ現れたのは、皆の夕餉が終わって半刻ほども経った頃である。いっ

たん助松と庄助の部屋に現れた多陽人は、すぐに八重としづ子に話がしたいと告げた。

「お二人とも、お部屋で葛木さまを待っておられます」

と、助松は言い、三人そろって女たちの部屋へ出向いた。

「ただ今、帰りました。遅うなって申し訳ないんどすが、お頼みしたいことがありますさかい、お邪魔してもよろしおすか」

多陽人が部屋の外で声をかけると、戸が待ち兼ねた様子ですぐに開いた。開けたのはしづ子であった。その表情は安堵と不安が入り混じっている。

「どうぞ」

しづ子は言葉少なに多陽人を部屋へ入れ、助松と庄助も多陽人に続いた。一同がそろうと、多陽人は八重を前にもう一度遅くなった詫びを述べた後、

「やはり、毘沙吐村のことがどうも気になりまして」

と、おもむろに続けた。烏川は上野国を主に流れているため、伊香保へ入る前から多陽人は探りを入れつつ、街道を歩いてきたらしい。また、伊香保へ入ってからも探ってみたそうだが、烏川の金のことなど誰も口にせず、他にもこれという異変はなかった。

「この伊香保におられる限り、伊勢屋の方々の身に何かが起きることはないと思います。関所もすぐそこにありますし、ここは役人の目も行き届いてますさかい」

そう続けた後、多陽人は表情を改めた。

「そこで、おかみはん。五日の間、私に暇をくださるようお願い申します。いったん毘沙吐村へ戻り、烏川の流れる辺りをもういっぺん、しかと見ておきたいんどす。お帰りの際には、またあの辺りを通ることになるわけどすし」

前もって気がかりをなくしておきたいという多陽人の言葉に、八重は少しの間、考え込むように無言であった。

「ここにいる間、私どもに危ないことはないでしょう。ですから、葛木さまのお役目も伊香保への滞在中は無きも同じ。お望みのままにしてくださるのはかまわないのですが、お一人で毘沙吐村へお行きになって、大事無いのでしょうか。先のお話ですと、そこの村の人々は金が出たの出ないのと、何やら殺気立っているようにも聞こえましたが」

ややあって、八重が懸念を口にすると、しづ子が横から黙っていられないという様子で口を開いた。

「母さまの言う通り、お一人で行くなんてとんでもない。その村に何があろうと、私たちの帰り道が危ないと決まったわけではありません。葛木さまがそれほど気がかりなら、こちらに泊まるのを少し早めに切り上げ、皆で一緒に帰る際、もう一度調べてみればいいではありませんか」

「お嬢はん、それでは何のための護衛が分かりまへん」

多陽人は微笑を浮かべながら穏やかに言葉を返した。

「万一の時、伊勢屋の方々を危ない目に遭わせへんよう、手を打つのが私の役目どす。それに、こう言うては何どすが、一人で動いた方が動きやすいどすし」

「確かに、私どもが一緒では、何かと葛木さまの障りになるでしょう。でも、庄助などはもしかしたらお役に立てるかもしれません。もし葛木さまが庄助や助松に手伝ってほしいことがあるなら、おっしゃっていただければと思いますが……」

八重が庄助と助松に目を向けて言うと、

「お役に立てるならぜひお申しつけください」

と、庄助はすかさず多陽人に言った。

「おいらもできることはやります」

助松も負けじと庄助に続く。しかし、多陽人からは「いいえ」という言葉と柔らかな微笑が返されただけであった。

「改めて何かを頼むことはあるかもしれまへんけど、今のところは私一人で」

「分かりました」

八重が話をまとめるように言った。しづ子が大きく目を見開いたが、何も言わなかった。

「ひとまずは葛木さまお一人でお行きください。次のことは、五日後にお戻りになってから、またお話しいたしましょう」

「ありがとう存じます、おかみはん」

多陽人が軽く頭を下げて言った。

「くれぐれもお気をつけて」

「へえ」

話は終わったとばかり、多陽人は部屋を立ち去りかける。

「葛木さま。五日後にはちゃんと戻ってこられるのですよね」

しづ子の声が多陽人の動きを止めた。

多陽人は再び座り直して、しづ子の方へ体を向けると、「へえ」と落ち着いた声で返事をした。

「ちゃあんと戻りますさかい、黄金の湯に浸かってのんびり待っとっておくれやす」

伸びやかな声で言われると、逆らいようもないという様子で、しづ子は小さく、

「……はい」

と、答えた。

「ほな、これにて」

多陽人が部屋を出たのに続き、庄助と助松も女部屋を後にする。

三人そろっていったん部屋へ戻ると、多陽人は自らの打飼袋(うちがいぶくろ)を取り、そのまま出ていこうとする。

「え、このまま行かれるんですか」

庄助が吃驚(びっくり)したように目を瞠(みは)った。

「こんな夜じゃ、関所だって抜けられませんよ」

「夕餉だって召し上がっていないでしょうに」

庄助と助松で口々に引き止めたが、

「夕餉はいりまへんし、抜け道はどこにでもあるもんどす」

と、多陽人はあっさり言う。

「え、じゃあ、本当にこのまま行ってしまわれるんですか」

さすがに切なくなって、助松はしゅんとなった。

「へえ」

多陽人の声には湿っぽさの欠片(かけら)もない。

「なら、せめて握り飯だけでも作ってもらえないか、女中さんに頼んでみますよ。少しくらいなら葛木さまだってお待ちになれるでしょ？」

庄助がさらに言うと、多陽人は少し沈黙したが、「ほな、頼みまひょか」と今度はあっさりうなずいた。

「じゃあ、おいらが」

立ち上がろうとする助松を「俺が行くからいい」と庄助は制した。

「代わりに、葛木さまをしっかり引き止めておけよ」

と、庄助に言われ、助松は「はい」と勢いよく返事をする。庄助が出ていった後の戸口をふさぐように助松が座り込むと、多陽人は苦笑を浮かべつつ、

「ところで、一つ助松はんに頼みがありますのや」

と、急に言い出した。

「え、おいらにですか」

多陽人はうなずき、懐から折り畳まれた紙を取り出した。

「もし私が五日経っても戻らへんかったら、これをお嬢はんに見せておくれやす」

「戻らないなんてことがあるんですか」

助松は目を大きく瞠った。

「万一のことや。それに、そうなっても、私の身が危なくなったというわけやおへん。とにかく、お嬢はんに見せてくれればそれでええさかい」

「それまでは、この紙の中身は見ちゃいけないんですね」

助松が心得た様子で問うと、多陽人は「別にかましまへん」と答えた。

「見たければ見てもええし、庄助はんに見せてもかましまへん。せやけど、お嬢はん

らには黙っといた方がええやろな。余計な心配をしはるさかい」

確かに、しづ子は心配をしそうだし、おせいの耳に入ればすぐにしづ子にしゃべってしまいそうだ。

「分かりました」

と、ゆっくり答え、その場では紙を開かず、懐にしっかりしまい込む。すると、

「それは、烏川を流れてきたもんや」

と、多陽人は急に言い出した。

「川上から流れてきた竹筒の中に入ってたんどす」

「川上から……」

昨日見た人形（ひとがた）がふと頭をよぎっていった。庄助が多陽人にお祓（はら）いをしてもらい、もう大丈夫とすっかり忘れていたが、紙の入った竹筒が烏川を流れてきたと聞いた途端、妙に気になり始めた。

紙の中には何が書かれているのか。すぐにでも確かめたくなったが、その時、庄助が戻ってきた。急いで用意してもらったという握り飯の包みを庄助が差し出すと、多陽人は「ありがとうさんどす」と打飼袋にしまい込み、それを背負って立ち上がった。

「ほな、私はこれで」

助松と庄助は宿の玄関口まで見送りに出る。

「くれぐれもお気をつけて」

夜空には星が出ていた。宿屋の立ち並ぶ通りを抜けて、多陽人は石段の方へと歩いていく。

一度も振り返らずに進む後ろ姿を見送ってから、助松は部屋へ戻り、多陽人から渡された紙をさっそく取り出した。庄助にはあえて隠さず、すべてを打ち明けた上で一緒に紙をのぞき込む。

見たことのない筆蹟は、どうやら女が書いたもののようであった。

「これは……歌か」

庄助が怪訝そうに呟く。助松はごくりと唾を呑み込んだ。

三

温泉地を出てしまえば、街道筋にももう明かりはない。宿場を目指して道行く旅人がまったくいないわけではないが、そもそも夜に旅をするのはわけありである。

それも、提灯も使わないとなれば、さらに怪しい。

多陽人は伊香保を出た時から提灯は使わなかった。もともと夜目は利く。その上、今夜は星も明るかった。

伊香保の関所を密(ひそ)かにすり抜けた多陽人は、伊香保街道から大久保宿へ、大久保宿から佐渡街道へと飛ぶように抜け、烏川の藤ノ木の渡しを目指した。

ここが、上野と武蔵の国境である。多陽人は夜が明ける前に烏川へ到着した。しかし、川は越えず、毘沙吐村へも行かず、烏川沿いの道を行く。

やがて、多陽人は山へ分け入り、水源を目指して進んだ。山中へ入っても多陽人の歩みが遅れることはなかった。川沿いには人が一人通れるくらいの道があり、それをたどって行けば、苦労せずに進めたからである。まるで多陽人のために、道があらかじめ作られていたかのようであった。

川のせせらぎの音に、夜風にざわめく枝葉の音が入り混じり、時折、梟(ふくろう)かと思(おぼ)しき鳴き声が聞こえる。それ以外には枯れ枝や小石を踏む多陽人の足音以外、何も聞こえない時がしばらく続いた。

やがて――。

空に撒(ま)かれた星より他に明かりのない山奥で、多陽人は前方にうっすらと光るものを見出(みいだ)し、足を止めた。鬼火の類か。温かく明るい火の光というより、どことなく、不気味さを漂わせる冷たい火だ。

色は白っぽく、少し青みがかっているようにも見える。

多陽人はほんの少しの間、足を止めていたが、再び前へ向かって歩み出した。足取りは以前と少しも変わらず、落ち着き払っている。

鬼火はしばらくその場から動かなかった。ただ、多陽人との間が縮まるにつれ、少し迷うように揺れ動き、それからこちらへおいでとでもいうように、すうっと奥へ動き始めた。

「我(われ)を誘うか」

多陽人の口が動いた。声色は確かにいつもの多陽人のものである。

だが、物言いが違った。上方特有の言い回しでもなければ、いつもの飄々(ひょうひょう)とした調子でもない。声に余裕が含まれているのは同じだが、今はそれが相手を威圧するように感じられる。

「狐狸(こり)か、この地をさすらう霊魂か」

多陽人は鬼火の誘いには乗らず、足を止めて訊いた。

「いずれにしても、身のほどをわきまえよ。我を惑わそうとしても無駄だ」

鬼火が動じたかのごとく、その場で大きく揺れ動く。

多陽人は不動だった。まるで鬼火を見据えるその目の力で、相手を打ち負かさんとするように、静かに佇(たたず)んでいた。やがて、鬼火の方が動き出した。多陽人に屈して立ち去るかと思いきや、火の大きさは次第に大きくなってくる。多陽人に近付いてきているのだった。

そのうち、火を操る白い影がぼんやりと見えてきた。

しかし、多陽人に挑みかかろうとする気配ではない。むしろ許しを乞うか、媚びるかのように、火とそれを操る影は多陽人にすり寄ってきた。

やがて、多陽人との間が五間ほどにもなった時、火が上へ掲げられた。炎が多陽人の冷たい顔を映し出す。

同時に、多陽人の目にも白い影の正体がくっきりと見えた。

まるで夜にだけ咲く花のように、はかなげな翳のある美しい女であった。

それから五日が過ぎた夜のこと。

その日は、多陽人がしづ子や助松たちのもとへ帰ると約束した日である。

だが、多陽人は伊香保ではない場所にいた。どこかの山中にあると思われる村の大きな家の中である。

大きな囲炉裏を大勢の人が囲んでおり、その前には美しい丹塗りの膳と食器が並び、人々はにこやかに談笑しながら、料理や酒を口に運んでいる。

膳には、岩魚やら山女魚やらの焼き魚を中心に、柔らかそうな筍の煮物、卵料理、山菜を炊き込んだ飯などがあふれんばかりにのっており、皿が空けば、女たちがすぐに新しい料理を持ってくる。酒もどれだけ飲み干しても次から次へ新たに注がれ、どの人の杯も空になることがないのだった。

人々は皆、裕福そうだった。清潔で美しい着物を着、貧しさゆえに痩せこけている顔はない。肌の色つやもよく、皆、病になど縁がなさそうな顔色である。

多陽人はその人々の中に交じり、飲み食いしていた。傍らには若く美しい女が侍り、杯が空けばすぐに酒を注いでくれる。

「ここの暮らしはいかが」

ややあって、女が多陽人に尋ねた。

「へえ。悪うはないと思います」

多陽人は受け流すように答えた。

「私が言った通りでしょう?」

女が多陽人の杯に酒を注ぎながら、艶やかに微笑む。「へえ」と多陽人は受け、酒を口に運んだ。

「ここには、嫌なことなんて何もないの。貧しさも病もない。そういうものはここにはやって来ない」

「神さまが追い払うてくれはる、ということどすか」

多陽人の問いに、女はふふっと笑った。

「外からここへ来た人は、二度と戻れないのよ」

女は笑いながら不穏なことを口走った。

特に声を潜めているわけでもないので、周りの者にまったく聞こえないというわけでもないだろうに、他の者は何も聞こえぬ様子で、二人の会話に立ち入ってくることはない。

「戻れない、いうんは……」

多陽人の言葉はそこで途切れた。女が人差し指を多陽人の唇にそっと当てたからであった。

「この村の者と契りを結び、村人として生きていけばいいの。貧しさも病もない暮らしが与えられるわ」

多陽人は女の手を自らの手で包み込み、自分の唇から離した。が、女の手を放そうとはせず、

「それでも、ここを出ていこうとしたら、どないなるんどす」

と、のんびりした調子で尋ねた。

「……さあ」

と、女は小首をかしげてとぼけた。

「言わなくても、分かっておられるのではありませんこと？」

女は多陽人に握られていた手を引き、口もとに当てて、上品な笑い声を上げた。

「せやったな」

多陽人もつられたように言い、声を上げて笑った。深刻さや焦りとはほど遠い笑い声であった。

第四首　木綿畳（ゆふだたみ）

一

多陽人が伊香保に戻ってくるはずの三月十八日の日が暮れた。

朝から落ち着かない様子だったしづ子の顔色は、昼過ぎから曇っていき、夕方には不安にすっかり染まっていた。だが、日も暮れかける頃には、しづ子だけではなく、助松たちも皆、つい気がかりな言葉を口にするようになっていた。特に、助松は多陽人から言いつかった言葉と託された和歌のことが頭にある。

――五日経(た)っても戻らへんかったら……。

思えば、あの言葉は戻らないことを前提としたものではなかったか。あの時から、多陽人は戻らないつもりで、あの和歌を自分に託したのではなかったか。

（どうしよう。このまま葛木さまが戻らなかったら……）

多陽人の言葉に従ってのこととはいえ、この五日間、多陽人から預かったものを秘めていたことで、八重やしづ子から咎(とが)められたりしないか。いや、それだけならいいが、もし多陽人の身に何かあったら――。

そう考えると、助松は不安で押しつぶされそうになる。そんな時、庄助は常に助松の隣にいて、大丈夫だというように、助松の肩に手を置いてくれた。

多陽人の帰りを待ち、五人がそろった席で、庄助が「あの紙をお嬢さんのお目にかけよう」と言い出したのは、日が暮れて四半刻も過ぎた頃であった。

「この後、葛木さまが戻ってこられたとしても、それはそれでいいじゃないか」

庄助から言われ、助松は強くうなずき返した。そして、懐に収めていた紙を取り出し、庄助に手渡す。

「お嬢さん」

庄助は心配そうな顔つきのしづ子に声をかけた。

「葛木さまがお出かけになる前、もし五日経っても戻らなければ、これをお嬢さんに渡すようにと、助松に託していったそうです」

庄助の言葉に、しづ子は顔色を変え、折り畳まれた紙を受け取った。

その場で開いたしづ子の表情が、見る見るうちに困惑したものになっていく。

「これは、葛木さまがお書きになったものではないですね」

「はい」

と、助松は答えた。

「烏川の川上から流れてきたそうです。竹筒の中に入っていたのを、葛木さまが見つけられたのだとか」

「烏川といえば、私たちが渡った時にも人形が流れてきたけれど……」

烏川の川上に村があり、そこから流れてきたものなのだろうか。誰もが不審な表情を浮かべ、目を見交わしたものの、それ以上のことは推測のしようもない。

「とりあえず、その紙に何が書いてあるのか、私たちにも教えてちょうだい」

八重が気を取り直してしづ子を促すと、しづ子は「はい」と素直にうなずいた。

「和歌が一首したためられてあるだけなのですが……」

しづ子は紙に目を戻すと、いつものようにきれいな節回しで、そこに書かれた歌を口ずさむ。

布施置きて　われは乞ひ禱む　欺かず　直に率去きて　天路知らしめ

助松と庄助は前もって歌を見ていたが、意味はよく分からなかった。これまでは、しづ子に尋ねることもできなかったが、いよいよ歌の意味を聞くことができる。助松はしづ子の口もとに注目した。

「葛木さまがあなたに渡すよう言い残したのは、あなたはこの歌の意が分かるからでしょう？」

八重に促され、しづ子はうなずいた。

「はい、『万葉集』の歌です。山上憶良（やまのうえのおくら）が作ったのではないかと言われていますが、はっきりしたことは分かりません。この歌は幼い子供を亡くした親が神に祈りを捧げるために詠（よ）んだ歌なのですが、憶良の詠み方に似ているということです。前に賀茂先生からお聞きしたところでは、憶良本人が子を亡くしたのではなく、子を亡くした人に代わって作った歌ではないかということでした」

「つまり、代作ということなのね」

八重の問いかけに、しづ子は「はい」とうなずく。

「布施を置いて私は祈り捧げます、どうか欺くことなく、亡くなった子の魂をまっすぐ連れていって天の道を知らせてください、と――」

歌の意味はそのようなものだと、しづ子は続けた。

「『こひのむ』で、お祈りするってことなんですね。初めて聞きました」

助松が呟くと、しづ子はさらに続けた。

「『こふ』という言葉も『のむ』という言葉も、『祈る』という意があったそうなの。二つが合わさって『こひのむ』となったのね。『祈る』という言葉も『万葉集』の頃からあったのだけれど、昔は『神に祈る』とは言わず、『神を祈る』と言ったの。そういう歌もあるわ」

と、しづ子は別の歌を口ずさんだ。

「天地（あめつち）の　神を祈りて　わが恋（こ）ふる　君いかならず　逢（あ）はざらめやも」

確かに「神を祈る」と言っている。どうにかしてくれと神さまにお祈りするというより、神さまを自分の心にお招きし、常にその存在を感じながら祈願し続けるという感じだ。

「恋しいあの方にどうして逢わないでいられましょうか、どうか逢わせてください――という歌なのだけれど、この『布施置きて』とは関わりない話だったわね」

しづ子は自ら反省するように小声で言うと、すぐに話を元へ戻した。

「この歌が川上から流れてきたのなら、子供の成仏を祈る誰かが古い歌に願いをこめてしたことかもしれない。私たちが見た人形と関わりがあるのかどうか、そこまでは分からないけれど」

そう言って、しづ子は溜息（ためいき）を吐（つ）く。

他に、多陽人は何か言い残していなかったのかと訊（き）かれ、助松と庄助は首を横に振った。

「葛木さまはおそらく、この歌の出所を探りに行ったのでしょう」

と、八重が慎重な口ぶりで言う。もちろん、多陽人は自力で戻ってくるつもりだったのだろうし、くわしいことを言い残さなかったのはそのためだろう。しかし、万一のことを考え、助松にこれを託していった。

「そうなると、葛木さまは烏川の川上へ向かわれたのでしょうか」

庄助が言うと、皆もその見込みは高いだろうと言い合った。

「川上に、この歌を流した人がいるのですよね。その人は『万葉集』を知っているって考えていいのでしょうか」

助松の言葉に、しづ子が「そうなるわね」と考え込みながら呟いた。

「『万葉集』には多くの歌があるから、一首だけで決めつけるわけにはいかないけれど、この筆蹟から考えると、これを書いたのは学がある人ではないかしら」

「確かに、きれいなお蹟ですね。女の人が書いたものでしょうか」

おせいが感心した様子で口を挟む。しづ子もそう思うとうなずいた。

「もしかしたら、葛木さまはこの歌が毘沙吐村の金に関わっていると思われたのかもしれません」

助松がふと思いついたことを口にすると、庄助がすぐに「あり得るな」と声を上げた。

「あの話をなさった時、葛木さまはすでにこの歌を見ていたんでしょう。私たちが人形のことをお知らせした時も何やら考え込んでいらっしゃったし……。毘沙吐村をやたら気にしていたのも、黄金とこの歌、場合によっては人形も、裏でつながっていると思われたんじゃないですかね」

「確かに、葛木さまがそう考えておられたことは十分にあり得るわね」

　そう言ったしづ子はすぐに「母さま」と八重の方へ向き直った。

「私も毘沙吐村へ行ってみようと思います。二日あれば行けますし、場合によっては烏川の川上だって」

「お待ちなさい」

　しづ子の言葉は、八重のたしなめる声に遮られた。

「毘沙吐村へ行って、村の人々に尋ねたところで、何かを聞き出せるとは思えません。葛木さまがおっしゃっていたでしょう。村人たちは余所の人たちに用心しているふうだったと」

「じゃあ、母さまはこのまま葛木さまを放っておかれるつもりですか」

　しづ子が食ってかかるように言った。

「そうは言っていません」

　八重が穏やかに言葉を返し、それから助松に目を向け、言葉を続ける。

「こういうことには向き不向きがあります。私は助松に毘沙吐村へ行ってもらうのがよいと思っています」

「助松に？」

「え、おいらですか」

しづ子と助松の驚きの声が重なり合った。

「毘沙吐村の人々も鬼ではありません。子供をそうそう邪険にはしないでしょう。それに、余所者と見れば金を狙う輩かと疑う村人たちも、まさか助松のことをそうは見ますまい。助松なら、他の者よりずっと容易く話を聞き出せると、私は思いますよ」

八重の言葉が終わるや否や、助松は「おいらに行かせてください」と声を張り上げていた。

「もちろん、助松を一人で行かせるわけにはいきません。庄助、そなたが付き添ってやってくれますね」

「はい、お任せください」

庄助も飛び立つような勢いで言う。

「助松に村を探ってもらっている間、私は川上の様子を探ってみます」

「そうしてください。でも、あまり奥深くまで行ってはいけません。その後、どうするかは皆でまた考えましょう」

八重の言葉に、庄助と助松は「はい」と勢いよく答えた。

「でも、二人にだけ任せて、ここでゆっくり湯に浸かっているだけだなんて……」

とてもそんな気分になれないという調子で、しづ子が呟く。

「あなたは葛木さまの託していかれた歌について、もっと考えてみなければならないでしょう。『万葉集』が入用なら、この辺りの名主さんで、お持ちの方がいらっしゃるかもしれません」

八重から言われ、しづ子は顔を引き締めた。

「分かりました。この歌について他にも何か思い出せることがないか、よく考えてみます。『万葉集』も全巻ではありませんが持ってきていますので、それも読み返してみることにいたします」

しづ子から「そなたも手伝ってちょうだい」と言われ、おせいも音を立てるような勢いでうなずいている。

こうして、この日、一同はそれぞれ果たすべき役目を胸に刻み込んだ。それでも、まだ夜の間に多陽人が帰ってくるかもしれない、多陽人ならばそういうこともあるのではないか、そうあってほしい、という期待が誰の胸にもあった。しかし、三月十九日の朝になってもなお、多陽人は帰ってこなかった。

そして、助松と庄助の二人は関所が開くのに合わせて出立した。とんぼ返りとなれば、関所の役人も理由を聞きたがる。事情を話して特別に関所を通してもらったのだが、八重がそっと渡した金子（きんす）の量も、効果を発揮したのは間違いなかった。

二

助松と庄助は伊香保街道から大久保宿、そこから佐渡街道へ出て毘沙吐村を目指した。

「おかみさんたちの足も気にしないでいいんだ。行きの時より急いで歩くぞ」

庄助から言われ、助松は二つ返事で承知した。

ほとんど休みなく歩き続けた二人は、その日のうちに大久保宿を越え、その次の宿場である総社宿で一泊することになった。翌朝は夜明けとともに起き、出立したので、昼過ぎには毘沙吐村へ到着予定である。

着いたら村の様子を見極めつつ、多陽人の痕跡を探し、収穫があろうとなかろうと、夕方になったら街道を取って返す。途中の宿場で一泊し、出立から三日目には伊香保の玉屋へ戻る手はずになっていた。

行くからには、何らかの手がかりを見つけなければという気持ちで、助松は凝り固まっている。

「何も見つからないってことはないから、大丈夫だ」

と、庄助は自分自身にも言い聞かせるようにして言う。

「毘沙吐村で金が見つかったのも、葛木さまが村人たちと話をしたのも、事実なんだからな。もし葛木さまのことを知らないって言ったら、それは嘘を吐いているってことだ」

たとえば、毘沙吐村の村人が多陽人をつかまえて、どこかに軟禁しているということも考えられる。だから、怪しいと思ったら、あまりしつこく尋ねたりせず引き返せばいいと、庄助は助松に言った。

「今回の俺たちの役目は、探りを入れることだけだ」

「はい。おいらは葛木さまの弟で、その行方を探しているってことにすればいいんですよね」

助松は改めて確認した。弟が兄を捜しているという体にすれば、村人に哀れんでもらえるだろうという算段である。親子ではさすがに嘘っぽく、兄弟にも多少無理はあるが、年の離れた兄弟なら世間にいないこともあるまい、ということで決まった。

「おいら、お父つぁんが行方知れずだった時のこと思い出して、精一杯、兄とはぐれた弟になりきります」

力をこめて言う助松に、庄助は本当に大丈夫かという眼差しを向けてきたものの、その思いを口に出すことはなかった。

「黄金のことは言わず、竹筒の歌のことだけ尋ねるんだ。何か話してくれる人がいたら、名前をちゃんと聞いておけ。教えてくれなければ人相だけでも、よく覚えておくんだぞ」

庄助は毘沙吐村へは同行しないからか、助松への忠告がついしつこくなる。道々、幾度となく同じ注意を受けながら、いい加減聞き飽きたと思った頃、鳥川に出た。藤ノ木の渡しで舟に乗り、向こう岸へ渡ったところで、庄助とは別々の行動になる。

助松はさっそく毘沙吐村へ向かった。

田畑で仕事に励む人の姿が目に入ったが、声はかけず、休憩している人を探す。畦道を通り抜けるうちには見つからなかったので、助松はそのまま家が建ち並ぶ集落まで進んだ。

井戸端でものを洗っているおかみさんが二人いたので、多陽人の風貌を伝え、尋ねてみたが、知らないと言われた。

「江戸から兄さんを捜して、ねえ。話してあげられることがあればよかったんだけど」

気の毒そうに呟く表情に、裏はなさそうである。さらに鶏に餌をやっている老人にも声をかけてみたが、知らないと面倒くさそうに言われた。

(葛木さまがここの村の人たちに声をかけたのは、間違いないと思うんだけど……)

あれほど目立つ多陽人が記憶に留まらないことはあり得ない。次はどんな人に声をかけようかと思案しながら進んでいくと、赤子を背負った同い年くらいの少女が目に入ってきた。

「あのう、おいら、江戸から来たんだけど、兄さんを捜してるんだ」

「江戸から？」

少女は物珍しげな目で助松を見つめ、それから先を促すような表情をした。

「兄さんはえっと、二十歳(はたち)を超したくらいで、ちょっと前にここを通ったはずなんだけど……」

「くらいってなあに。自分の兄さんでしょ」

少女は大きな目を瞠って、疑わしげに口を尖(とが)らせた。しまったと助松は焦る。

庄助と打ち合わせている時は、絶対にうまくやれると思い込んでいたのだが、案外、他人と兄弟のふりをするのは難しい。

「兄さんは二十五だよ」

今度は力をこめて言い切った。

「そこの川でおかしなものが流れてきたのを見つけて、調べてみるって言ってたんだ。でも、行ったきり戻ってこなくて……」

「おかしなものってなあに」

少女の眼差しが少し険しくなったように感じられた。こんな子供でも、黄金のことを余所者に知られまいと用心しているのか。

「竹筒だよ」

助松は用意していた答えを口にした。

「その中に、歌の書かれた紙が入っていたんだ。もしかしたら、そのことを、この村でも聞き回っていたんじゃないかと思うんだけど」

「それって……」

少女の表情が変わった。

「兄さんのこと、知ってるの？」

助松も前のめりになって訊き返す。

「ううん、あんたの兄さんのことは知らない。けど、烏川の川上から物が流れてくるのを見たって子がいるの。その子は、名主さんの家でしか見ないような漆（うるし）の器が流れてきたとか、朱塗りのお箸（はし）が流れてきたとか、言ってるんだけど、大人たちからは嘘吐くなって言われてて」

「嘘だったの？」

「分からない。だって、その子が拾ったっていうお椀（わん）やお箸、気づいたら家の中からなくなっていたって言うんだもの」

「それって、誰かに盗まれちゃったってことじゃないのかな。高そうなものだったんだろ」

助松が言うと、少女は「やっぱりあんたもそう思う？」と、訳知り顔でうなずいた。

「あたしもそうじゃないかと思うんだ。ひょっとして、その子ん家の親が誰かに売っちゃったのかも」

少女は声を潜めて言う。親が黙ってそんなことをするかな、と助松は疑問に思ったが、せっかく話す気になってくれた少女の気持ちを殺がない方がよいと思い、黙っていた。すると、少女はその子のところへ助松を案内してくれると言い出した。

「ありがとう」

助松は喜び勇んで少女の後に付いていった。「ここよ」と少女が示したのは、あまり裕福そうではない小さな農家だったが、家の前に七、八歳の男の子が座り込んでいる。どうやら地面に絵を描いて遊んでいるようだ。

「さぶちゃん」

と、少女は男の子を呼んだ。少年が顔を上げると、前歯の抜けた口を開けて笑った。

「あんた、前に川でお椀やお箸を拾ったって言っていたわよね」

「うん」

「あれ、嘘じゃないわよね」

「嘘じゃないよ」

さぶちゃんはむきになって言い張った。

「でも、お椀はなくなっちゃったんでしょ」

「そうなんだ……」

さぶちゃんは少し残念そうにうつむいたが、それからぱっと顔を明るくして言い出した。

「でも、お札は残ってる」

「お札？」

少女が怪訝そうな表情を浮かべた。

「これだよ」

さぶちゃんが得意げに自分の家の戸を示す。その戸板には、確かにお札と思しきものが貼りつけられていた。

「何言ってんの。これは、あんたのお父つぁんが旅の占い師さんから買ったもんでしょ」

「違うよ」

と、叫ぶように言ったさぶちゃんは続けて「あっ」と小さな声を上げた。「人に言っちゃいけないんだった……」と、さらに小さな声で呟く。

「もうしゃべっちまったんだから隠しても駄目。あたしたちには本当のこと、言いなさい」

少女が強い口調で命じると、さぶちゃんは仕方なさそうにしゃべり出した。

そのお札は竹筒の中に入って川を流れてきたのを、やはりさぶちゃんが拾ったのだという。親に見せると、「これはきっとおまじないのお札に違いねえ」と言い、家の戸口に貼り付けることにした。しかし、そんなよいものを拾ったとなれば、余所の家から妬（ねた）まれるだけだ。拾ったものならよこせとばかり、勝手に持っていかれるかもしれない。そこで、「前に通りかかった占い師から買い取ったことにするんだぞ」と、さぶちゃんは親から言い聞かされたのだった。

「確かに、占い師から買ったものを盗んだりしたら、呪（のろ）いでもかけられそうだしね」

少女は納得した様子でうなずいた。

「さぶちゃん、あんた、本当はなくなったお椀やお箸のことも知ってるんでしょ」

少女がさらに問うと、

「本当は、父ちゃんが余所の村の人に売っちまったんだ」

と、さぶちゃんは観念した様子で打ち明けた。

「おいらがしゃべったって言わないでよ」

心配そうに念を押すさぶちゃんに「言わないわよ」と少女は答え、助松を促すように、さぶちゃんの家から離れた。

「あのさぶちゃんだけがいろいろ拾っているのは、おかしな話だね」

助松が言うと、少女はそうじゃないというふうに、頭を振った。

「本当は、他にも拾っている人がいるんじゃないかと、あたしは思う。あたしは子守とかあって、川へ物を拾いに行くことなんてできないけれどね。さぶちゃんが言ってたみたいに、妬まれるのが嫌だから黙っているって人はけっこういるんだよ。さぶちゃんは正直者だから、ああやってしゃべっちゃうけど」

なるほど、親から言うなと言われ、それを守って黙っている子供もいるのだろう。さぶちゃんは正直であり、少し口が軽いのだ。

「ものが流れてくるってことは、川上に人の住んでる村があるってことなのかな」

「ううん。川上に村はないはず。もっとも、上野のことだから、あたしたちにははっきりとは分からないんだけど」

と、少女は言った。その時、それまでおとなしく眠っていた赤子が突然泣き出したので、

「あらあら、泣かないで。よしよし」

と、少女は赤子をあやし始めた。それを機に、助松は少女に礼を言って別れ、急いでさぶちゃんの家へ舞い戻った。さぶちゃんから、聞くべきことはすべて聞いている。ただ、一つだけ気になることがあった。

（さぶちゃんの家の戸に貼られていたお札、あれは和歌だった）

あの時は二人の話を聞き逃すわけにはいかず、そちらに気を取られて、しっかり確かめることができなかった。

もちろん、さぶちゃんの家のお札を奪っていくわけにはいかないが、せめて歌を覚えるなり書き取るなりして、しづ子に伝えなければ――。

助松が舞い戻ると、さぶちゃんはまだ家の前にいた。助松が一人だと知るや、「どうしたの」と警戒心の強い表情を見せる。

「ちょっと、おまじないのお札を見せてほしいんだ。おいらの兄さんも同じようなものを、鳥川で拾ったから確かめたくてさ」

さぶちゃんから駄目だと言われる前に、助松はすばやく戸の前に陣取った。

やはり歌だ。それに何となく、多陽人から渡された紙の筆蹟と似た文字に見える。

しかし、歌は別のものだった。

　木綿畳（ゆふだたみ）　手に取り持ちて　かくだにも　われは祈（こ）ひなむ　君に逢はぬかも

必死に頭に刻み付ける。

「おいらの家のお札、持っていくつもりなんだろ」

不意にさぶちゃんが横からつかみかかってきた。

「違うよ、そんなんじゃない」

さぶちゃんの体を引きはがしながら、なおもお札の文字を頭に叩き込んだが、格闘しているうち、

「何もんじゃ」

と、大人の男の声が聞こえてきた。

「あ、父ちゃん」

さぶちゃんが叫ぶ。助松はさぶちゃんの気がそれた隙に駆け出した。悪いことをしたわけではないが、誤解され、足止めを食らうわけにはいかない。

必死に走って、家々の集落を抜けたところで足を止めると、矢立てと紙を取り出し、覚えた文字を書き写す。

(肝心の初句が読めなかった……)

二句目以降は何とか書き取れたが……。これで、しづ子に伝わるだろうか。

三

助松はその後、毘沙吐村の集落を離れ、藤ノ木の渡しへ向かった。そこで、庄助と

落ち合う約束である。日が暮れるまでには戻っていようと決めていたが、日暮れよりだいぶ早く着いてしまった。

岸辺を歩き回り、さぶちゃんが拾ったようなものが流れ着いていないか探してみたが、何も見つからない。そうするうちに、庄助が戻ってきたので、二人は日暮れ前に川を渡り、街道を進んで、今朝発った総社宿までたどり着いた。この日も同じ宿で泊まり、翌朝早くに発つことにする。

助松が毘沙吐村でのことを話し、おまじないと信じられていたお札の歌を見せると、「大した収穫だ」と庄助は褒めてくれた。庄助の方は川上までたどっていくことはできず、周辺で訊き回ったところ、川上に人は住んでいないという話しか仕入れられなかったという。

「けど、そのさぶちゃんっていう子の話が本当なら、川上にはやっぱり隠れ里みたいなものがあるってことじゃないのか」

「葛木さまは今そこにいるとも考えられますよね」

助松が期待を交えて問うと、「そうだな」と庄助も力強い口ぶりで言った。

「おいらがちゃんと書き写せなかった歌が、お嬢さんに分かってもらえるといいんですけど……」

助松が少ししょんぼりした声で言うと、「お嬢さんならきっと大丈夫さ」と庄助から慰めるように言われた。

前にも「布施置きて」の歌が『万葉集』にある歌だと、すぐに言い当てたしづ子のことだ。初めの何文字かが抜けていることくらい、どうってことないと信じたい。

助松は不安と期待に揺れながら、その夜を過ごし、翌朝早く庄助と共に伊香保を目指した。

昼過ぎに伊香保の玉屋に戻った助松たちは、しづ子たちからねぎらわれつつ、さっそく見聞きしたことを報告する。

助松は書き取った歌の写しを見せ、

「お嬢さん、すみません。肝心の初句が分からなくて……。でも、『木』って文字で始まるのは確かです。その後、読めない漢字が二文字ありました」

と、謝った。しづ子は紙をじっと見つめたまま、返事もせずに黙り込んでいる。

もしや怒らせてしまったのかと、助松が焦った時、しづ子がいきなり顔を上げた。

そして、すぐに自分の矢立てを取り出すと、助松が書き取ってきた紙の余白に「木綿畳」と書いた。

「助松が見て、読めなかった文字というのは、こういうものだったのではなくて？」

しづ子から文字を見せられ、助松は「そうです」と飛び上がるようにして答えた。

やはりしづ子はすごいと思う。文字が抜けていても、和歌を言い当ててしまった。

「お嬢さん、この助松が書き取ってきた歌って、葛木さまが残していかれた歌に似てませんか」

おせいが尋ねた。「ここのところが」といって、おせいが指を当てているのは四句目「われは祈ひなむ」である。

「そうなの。先日の『布施置きて』の歌では、『われは乞ひ禱む』だったけれど、今度は『われは祈ひなむ』。とてもよく似ているわ」

しづ子は慎重な口ぶりでゆっくりと言った。

「お嬢さん、この歌の意味を教えてください。おいら、この歌は最後で『君に逢ふ』って言ってるから、恋の歌なのかなって思ったんですけど」

助松が頼むと、しづ子は助松に目を向け、少し微笑んだ。

「そうね。確かに『君に逢ふ』といえば、想い合う男女が逢うことを指すわ。でもね、この歌では違うの」

「この歌は特別なんですか」

「そういうことになるのでしょうね」

と、答えたしづ子はいつものように歌を口ずさんだ。

「木綿畳　手に取り持ちて　かくだにも　われは祈ひなむ　君に逢はぬかも」

それを聞き、助松はようやく「ゆふだたみ」という読み方を知った。

「『木綿畳』っていうのは、楮から作った布で神さまのお座りになる場所を設えたものらしいの。その木綿畳を取り持ってこのようにお祈りいたします、どうか神さまに会わせてください、と言っているのね。だから、ここで言う『君』とは神さまのことになるのよ」

「そうなると、烏川に流れてきた歌は二首とも、神さまにお祈りする歌ってことになるんですね」

庄助が問うと、しづ子はそういうことになると思うと答えた。

「お祈りしている中身は別々のことだけれど、あえてそういう歌が選ばれていると考えていいのかもしれないわ」

「そういえば、はっきりしたことは言えないんですけど、毘沙吐村で見たお札の文字は、葛木さまから渡された紙の筆蹟に似ていたように思うんです」

助松が言うと、皆は目を見合わせた。

「同じ場所から流れてきたと考えていいんでしょう。竹筒に入っていたのも同じですし、やっぱり烏川の川上には人が住んでるんですよ。私が訊き回った時は、皆が口をそろえて、川上に村なんてないと言ってましたけど」

庄助は、川上をもっときちんと調べてみたいと訴えた。

しづ子は何とも返事をしかね、母の八重の方を見る。八重はそれまで黙って話を聞いていたが、ここで皆の眼差しが集まってきたのを悟り、おもむろに口を開いた。

「庄助も助松もよく探り出してきてくれました。烏川の川上には村もなければ、人もいないと皆が言う。それなのに、川下にはさまざまなものが流れ着く。明らかにおかしな話です。葛木さまはおそらくそのことに気づかれ、それを調べに行かれたと考えてよいのでしょう」

八重はそれ以上の結論は下そうとせず、いったん口を閉ざした。

「葛木さまはおそらく川上の村を探りに行き、そこから戻れなくなっているんだと思います。だったら、私どもで捜しに行かないと……」

庄助は畳みかけるように言う。

「ですが、捜しに行った者がまた、葛木さまのように戻ってこられなくなるだけ、ということも考えられます」

八重が難しい表情になって言い、しづ子とおせいが恐ろしそうに顔を見合わせる。

それでも、

「葛木さまをこのままにしておくわけにはいきません」

と、しづ子は懸命に言った。

「このお話だけで、お役人が川上を調べてくれるとよいのですが……」

八重が思案するように言う。

「今の話だけでは、少し難しいのではないでしょうか」

　と、庄助は言った。

「葛木さまはあの晩、朝を待たずにお発ちになりました。ということは、関所を通っていったわけではないと思うんです。そうなると、手続き上は関所のこちら側で行方知れずになったということになるわけで、捜すとしても、こちら側になってしまうんじゃないでしょうか」

　庄助の話はもっともだと、皆の顔が暗く沈み込んだ。

「だから、私は関所のお役人に烏川の川上へ行くと話していきます。数日で戻ると言い残した私が戻らなければ、その時は川上をちゃんと捜してもらえますよ」

「庄助さんが行くなら、おいらも行きます」

　助松はすかさず言った。

「二人で行けば、一人が万一帰れなくなっても、もう一人が知らせに戻ればいいんですから」

「でも、助松はまだ小さいのに……」

　しづ子が心配そうな声で呟き、気がかりな眼差しで助松を見つめる。

「おいらはもう十三です」

　と、助松は堂々と言った。

「一人で行くことは難しくても、庄助さんのお手伝いくらいならちゃんとできます」

「お嬢さん」

と、その時、割って入ったのは庄助だった。

「私も助松は子供だと思ってました。今回だって、一人で毘沙吐村へやるのは心配だったんです。けど、行かせてみたら、私なんかよりちゃんと、重大なことをつかんできました。お嬢さんももう少し、助松のことを認めてやっていいと思います」

「庄助さん……」

助松は喜びと誇らしさを噛み締めた。

「分かりました。庄助がそう言うのなら、それを信じましょう」

最後に話をまとめたのは八重だった。

「庄助に助松、そなたたち二人で烏川の川上へ、葛木さまを捜しに行き、無事に連れ戻してください。ただし、それが難しそうだと思ったり、自分たちの身が危ないと思った時は、とにかくすぐに戻ってくること。それを約束できますか」

八重の言葉に、庄助と助松はそれぞれしっかり返事をした。

「葛木さまの時と同じように、五日を日限としましょう。五日経っても戻ってこない時にはお役人に知らせ、捜しに行ってもらいます。けれど、そうならないように、私たちは祈っていますよ」

「分かりました。助松を連れていく以上、私も無茶はしません。助松を危ない目に遭わせることもしませんから、安心してください」

庄助は八重としづ子を交互に見ながら、落ち着いた声で告げた。

「おいらもお約束します。決しておかみさんやお嬢さんを心配させるようなことはしませんから」

「庄助、助松……。本当に無茶はしないでください。三人で必ず無事に戻ってこられるように祈っています」

しづ子の切実な眼差しに、庄助と助松はうなずき返した。

「それでは、出発は明日ということにして、今日はゆっくり休み、黄金の湯で体を癒してください」

八重の言葉に、ここは温泉地だったということを、ようやく助松は思い出した。するると、急に緊張がほどけ、この三日歩き続けた足が急に疲労を訴え出す。ふと傍らを見ると、庄助も同じような顔をしていた。

「よし、さっそく湯へ行くか」

庄助の言葉に、助松は満面の笑みを浮かべて「行きます」と答えた。

翌日、助松と庄助は再び伊香保街道を戻り、途中で佐渡街道へ出て一泊、翌日には烏川を目指した。この日は川を越えずに、ひたすら川上を目指す。

途中、庄助は抜け目なく出会った人をつかまえては、

「この先に、村があると聞きましたけど、間違いないですかね」

と、尋ねた。この日は「あるかないか」を問うのではなく、「あると聞いている」ことにしたらしい。庄助が言っていた通り、大半の人は「あんな山の中に村があるもんかね」と言うばかりだが、中に一人だけ、

「村があると言う人がいたなら、狐狸（こり）に化かされたんだろうよ」

と、他とは違う返事をした男がいた。

「俺は、この辺りを行き来することが多いんだが」

男は商家の奉公人で、この辺りへは絹の買い付けに来るらしい。その際、

「お役人みたいな格好の人が、お供も連れずたった一人で、山へ入っていくのを見たことがある」

と、言う。その時、少し変だなとは思ったが、男はさして気にしなかったらしい。だが、後になって、あの山の中には人も住んでいない、それどころか狐狸が出て人を騙（だま）すので里人たちはあまり近付かないと聞き、もしやあのお役人は狐狸が化けていたのかと思ったそうだ。

「何でも、この付近の者がふっと消えることがあるそうな。狐狸に騙されて帰れなく

なっちまったんだろうって言う人もいた」

　男とは、その話を聞いて別れたが、

「もしかして、山の中に村なんかないって、この辺りの人が言い張るのは、山を恐れているからかもしれませんね」

　と、庄助と二人きりになってから、助松は言った。

「ああ。人が消えるとあってはな。あの男は狐狸って言っていたが、山神さまのしわざじゃねえかって考える人もいただろう」

　それで、余所者が何を聞いても、ろくにしゃべってくれなかったのだ。絹の買い付けをする奉公人は何度もここを行き来するうち、土地の人たちと馴染みになったから、ああした話も聞かせてもらえたのだろう。

「でも、あの人が見たっていうお役人は、何だったんでしょう。何かが人に化けていたんでしょうか。本物のお役人だったなら、その人は無事に帰ってこられたんでしょうか」

「さあな。あの人も見たのは一度きりって言っていたし」

　取りあえず先へ進むしかないだろうと庄助に言われ、助松は真剣な顔でうなずいた。

　その後、川に沿って山道を進むうち、誰にも会わなくなった。道が細くなり、庄助が先を行くようになると、二人とも無言になり、ひたすら歩き続ける。川沿いに作られた道は、細いながらも人一人が通れる幅を保ちながら、ずっと続いていた。

　やがて、二人は木が生い茂る山奥へ入った。日の光が届きにくいせいか、昼とは思えないほど薄暗い。そのうち、辺りに白いものが立ち込め始めた。

「夕霞か……。まだそんな頃おいじゃないだろうに」

　庄助がそれまでになく低く暗い声で呟いた。

　とはいえ、道は一本きり、遠くの景色は見えなくなったが、足もとだけに気をつけて進めばいいはずだ。

「このまま進むぞ。はぐれないよう、俺の袖でもつかんでおけ」

　庄助から言われ、助松は急いで庄助の小袖の袖をつかんだ。その後は足もとに目を向けながら、庄助の足の速さに合わせてゆっくり進む。

　二人とも口を開くことなく、無言で歩き続けた。

　いくらも進まぬうち、山犬のものかと思しき遠吠えが聞こえてきた。どきっとしたが、脅えていると思われたくなくて、助松は声を出すのをぐっとこらえる。ところが、頭上から唐突に鴉の鳴き声がして、思いがけず大きな羽搏きの音を聞いた時、

「庄助さんっ」

　と、助松は声を上げてしまった。

「平気だ、落ち着け」

　庄助が緊張した声で返した。気がつくと、庄助の袖をつかんでいる助松の手を、庄助のもう一方の手がぎゅっとつかんでくれている。

「お……い。あれ」

　続けて、庄助が震える声を発した。それまでずっと下を見続けて歩いてきた助松は、その声に引っ張られるように顔を上げた。

　目の前は白い霞に包まれている。それは予想の内であったが、今はそこに見たことのないものがあった。

「あ、あれは……」

　口を閉じるのも忘れ、助松は目の前のものに見入っていた。白い霞の中に、さらに濃い色の白光が輪の一部のように浮かんでいる。いや、白が濃いというより、その部分だけ輝いているからそう見えるのだ。

　うっすらと銀色の輝きを放ちながら浮かび上がる白い半円。そんなものはこれまでに見たことがない。あえて言うなら、それは――。

「虹……だよ」

　庄助が心を奪われたような声色で告げた。

「俺も見るのは初めてだが、聞いたことはある。霧の中に白い虹が出ることがあるって」

庄助は白虹(はっこう)から目をそらさずに言う。助松も同じだった。

――虹は不吉なことの兆(きざ)しとされていたの。

しづ子の言葉がよみがえってくる。

――きれいすぎるものって、何となく不吉な感じを呼び起こすものなのではないかしら。

あれはふつうの虹のことを話していた時の言葉だ。数種の色に輝く虹なら、助松も見たことがある。だが、今目の前にしている白虹は、ふつうの虹より何倍も美しいと思えた。そして、誰に教えてもらわずとも分かる。

白虹は不吉な兆しだ、と――。

そう思うのに、見るのをやめようという気持ちはまったく起こらず、助松は瞬(まばた)き一つせず白虹に見入り続けていた。そうしてどれほどの時が経ったのだろう。

ふつうの虹がそうであるように、白虹も時が経つにつれて幻のように消えてしまった。そして、その時には霞も晴れ始めていた。

「……え」

愕然(がくぜん)とした呟きが庄助の口から漏れる。

「しょ、庄助さん」

助松は庄助の袖をつかみ直し、ごくりと唾(つば)をのみ込んだ。

霞が晴れるのに合わせて、周囲の光景も明らかになっていくが、驚いたことに横を流れていたはずの川がどこにも見当たらない。霞が出てからは足もとばかりに気を取られてしまい、川の水音を聞く気を失くしてしまっていたが、そのせいで道に迷ってしまったのか。

「おい、助松。見えてるか」

庄助が前に目を向けたまま、掠れた声で尋ねてきた。

「……は、はい」

助松は必死に口を動かした。声が出ているかどうかも分からないほど緊張している。

先ほど白い虹が出ていた辺り――かと思われる場所には、何と穏やかな村の景色が広がっていた。

第五首　鶯の

一

庄助と助松の二人はしばらくの間、動き出せなかったが、夕明かりの光景に不自然なところは見られない。

炊ぎの煙があちこちの家から上がり、放し飼いにされた鶏が動き回っている。小さな子供たちがそこらを走り回り、家の前に座り込む老人たちの姿もあった。

「ここに、葛木さまがいらっしゃるかもしれないんですよね」

助松が問うと、庄助は「そうだな」と気を取り直した様子で呟く。

「あれ、狐や狸に見えるか」

続けて妙な問いかけが飛んできた。

「いえ、おいらにはふつうの人に見えますけど」

「そうだよな。念のため訊いただけだ」

庄助は負け惜しみのように言った。

「でも、格好は変わってますね。女の人は髪を結い上げてないし、ご老人の男の人たちは月代を剃ってないし……」

女は長い髪を背に垂らして首の後ろで軽く結わえており、男は神職が使うような烏帽子らしきものを被っている。「確かにな」と庄助も呟いたが、それ以外には取り立てて妙なところはなさそうだった。

「取りあえず行くか」

庄助が覚悟を決めた様子で言い、助松も「はい」と神妙な顔つきで返事をする。

二人は恐るおそる村へ向かって歩き出した。すると、老人や子供たちが二人の姿に気づき、こちらに目を向けてくる。少し物珍しいものを見るような、だが、親しみのこもった眼差しだった。

やがて、一人の少女が二人の方へ足取り軽く寄ってきた。助松と同じくらいか、一つ二つ年上に見える。

「ごきげんよう」

少女はどことなく取り澄ました感じの声で言い、呆気に取られるほど丁寧に頭を下げた。

「や、やあ。こんばんは」

庄助が少し気圧され気味に挨拶を交わす。村娘がどこぞのお嬢さまのような物言いをしたので吃驚したのだ。

「私はふきと申します。ここは当帰村と申しますが、お二人はどんなご用向きでこの村へ？」

ふきは澄んだ声で無邪気に問うた。

「俺は庄助で、こっちは助松というんだ。俺たちは江戸から来たんだが、こっちでいなくなった人を捜している。烏川に沿って歩いてきたはずなんだが、途中で夕霞が出て、迷っちまったみたいでさ」

「この辺り、霞はよく出るんです。秋には霧が――」

ふきは心得た様子で言った。

「俺たちの尋ね人も、もしかしたらここに来ているかもしれない。葛木多陽人といって、俺と同じくらいの年頃なんだけど」

「この村にそういう人は来ていません」

ふきは大きく頭を振って答えた。それまで浮かんでいた愛想のよい笑みがいつしか消え失せている。

「でも、お嬢さんが知らないだけかもしれないだろ？　ちょっと大人の人とも話をさせてもらえないかな」

庄助が食い下がって言うと、ふきは少し沈黙した後、

「そういうお話なら、名主さんのところへ行かれるのがよいと存じます」

と、再び笑顔になって言った。

「それと、今日はこの村へお泊まりになるのがいいと思います」

「え、どうして」

「今は霞が晴れていますが、夜になるとまた出るんです。この山に慣れていない人にはとても危のうございます。名主さんのお家なら泊めてくださるでしょうから、ご案内いたしますね」

ふきはもう決まったことのように言う。丁重ではあるが、やや強引な物言いだった。

庄助と助松は顔を見合わせたが、今、ふきの申し出を断って、村を追い出されるわけにはいかない。名主のところへ案内してくれるというのなら、とにかく会ってみようと、庄助と助松はうなずき合った。

「それじゃあ、案内をお願いするよ」

庄助が言い、二人はふきの後に続いた。

小さな子供たちが興味深そうに近付いてきたり、目が合うと、ぱっと離れていったりする。だが、少し行くと静かな一本道となり、人の姿もなくなった。やがて、大きな屋敷が見えてきた。

庄助はふきと少し間を取ると、「とうき村って言ってたが、この辺りにそんな名前の村はないはずだ」と小声で助松に告げた。先日、烏川付近を歩き回った際、この辺りの村の名前は調べ尽くしたと、助松も聞いている。

「それに、あの子の口の利き方、どうも……な」

腑に落ちないというふうに、庄助は首をかしげている。自分も同じだと、助松はぶんぶん首を上下に動かした。

「まるで、しづ子お嬢さんが賀茂先生のような偉いお方としゃべっているみたいでした」

余所行きというか、少し気取っているように聞こえる。確かに、ふきから見れば庄助は余所の人だろうが、それにしたって村娘が「ごきげんよう」や「危のうございます」はないだろう。

（それとも、あの子、しづ子お嬢さんみたいなお金持ちの娘さんなのかな）

さほど裕福そうな格好はしていないが、態度や口の利き方には品がある。そんなことを思っているうち、三人は名主の家へ到着した。ふきが声をかけると、女中が現れ、いったん奥へ引き取った。ややあって戻ってくると、

「当家の主のもとへご案内いたします」

と、言う。庄助と助松は家の中へ上がり、ふきとはその場で別れることになった。

「ありがとうな」

庄助が礼を言うと、「どういたしまして」と最後まで気取った返事をする。ふきは丁寧に頭を下げると、くるりと背を向けて去っていった。

それから、庄助と助松は名主のもとへ案内された。飾られている調度類はなかなか立派だが、伊勢屋で贅沢なものを見慣れている二人の目には、驚くほどでもない。ただ、襖の絵といい、屏風や掛け軸といい、どれも古びて見えた。

通された部屋の奥には、見事な顎鬚を持つ五十路ほどの男が待ち受けており、

「当帰村の名主、弥兵衛です」

と、挨拶した。

「手前どもは江戸から参った者で、庄助に助松といいます。実は、はぐれてしまった人を捜してまして」

と、庄助は続けて多陽人のことを尋ねた。が、弥兵衛もふきと同じく、そのような人は知らぬと言う。

「この村に余所の人が来れば、あなた方のように私のもとへ案内されるか、知らせが来ます。私が知らぬということは、その方はここには来ていないということですな」

堂々とした口ぶりで言われると、それ以上は何も訊けなかった。

「あの、この村の『とうき』とはどういった字を書くんでしょうか」

庄助が話を変えて尋ねると、

「当帰という薬草があるのですが、ご存じですかな。『当に帰るべし』と書いて『当帰』という。『当に』は『当を得る』の『当』と書きます」

と、弥兵衛は表情を和らげて滑らかに答えた。言い回しが若干難しくはあるが、庄助と助松にはしっかり通じるものであった。

「分かります。当帰ならよく扱いますんで。あ、手前どもは薬種問屋の奉公人なんですよ」

話が薬草に及んだことで、庄助の口も軽くなる。

「お前も知ってるな」

と、庄助から目を向けられ、助松は大きくうなずいた。

「はい。女の人がかかる病に効き目がある薬草です。これを服むと、気持ちも落ち着き、楽になります」

助松の返事に、庄助は満足そうに「そうだ」と応じた。

「他にも、腸の動きをよくするなど、いろいろな症状に効く貴重な薬草だ。八代さま（徳川吉宗）があちこちへ本草学者を派遣し、よい産のものを探させたことでも知られている。それで、大和のものがいちばんだってことになり、大和当帰は高値で取り引きされるんだ」

庄助は弥兵衛の前であることも忘れたかのように、助松相手に説き聞かせた。吉宗の話も大和当帰の話も知らなかったので、助松は感心して耳を傾けた。

「さすがは、薬種問屋の奉公人さんですな」

弥兵衛から言われ、庄助は慌てて「や、申し訳ありません、つい」と頭を下げる。

「いやいや、こんな山の中におりますと、世間の話がなかなか入ってきませんから、貴重なお話をありがたい」

と、弥兵衛はにこやかな調子で言った。

「この山には、昔から当帰が自然に生えてましして、村の名前はそこから付いたそうです。今では村人たちが手をかけて育てた当帰を、米の代わりに年貢として納めておるのです。田んぼもないわけじゃありませんが、こんな山の中ですからな」

当帰ばかりでなく、他の薬草も育てており、時折役人がそれを受け取りに来るのだという。途中で出会った絹の買い付けに来るという男が見たのは、その役人だったのかもしれない。

それならば、この当帰村は別段怪しげな村ではなく、お上の支配を受けているふつうの村ということになる。

自分たちに馴染みの薬草を育てている村だと聞いて、庄助と助松の警戒心が薄らいだのは事実であった。

「せっかくですから、うちの村で育てている薬草を見ていただけませんか」

弥兵衛にそう勧められると、庄助も助松もぜひ見せてもらいたいと答えていた。

「それから、今宵はここに泊まっていってください。今の季節は霞が立って、危ないこともありますからな」

　ふきと同じように宿泊を勧められた時には、さすがに少し躊躇したものの、

「一晩ここに泊まっても、伊香保へ戻る日限にはまだ余裕もあるから大丈夫だろう」

と、庄助は言い、助松もうなずいた。

「なら、ご迷惑をおかけしますが、今晩だけお世話になります」

　話が決まると、夕餉の膳が調うまでの間、薬草畑へ案内させようと弥兵衛は言い出した。女中が呼ばれ、弥兵衛の言葉を受けて下がっていくと、ややあってから一人の若い女が現れた。

「私の娘で、ゆりといいます」

　弥兵衛から引き合わされたゆりは、目を瞠るほど美しい娘であった。年の頃は二十歳くらいか。鉄漿はつけていないので未婚のようだが、世間と接触のなさそうなこの村も同じ風習かどうかは分からない。

　ゆりは「薬草畑にご案内つかまつります」と丁寧に言って、頭を下げた。ふきと同じように、やや大袈裟な言葉遣いである。それから、ゆりに案内され、屋敷の裏手にあるという畑に向かう間、

「さっき、名主さんが言ってた『当に帰るべし』っていうのは、当帰って名前の由来なんだ。それにまつわる話を知っているか」

と、庄助は助松に問いかけた。言葉が由来になったことは聞いていたが、それにまつわる話は知らないと助松は答える。そもそも、何が「当に帰るべし」なのだろう。

「それじゃあ、教えてやろう」

と、庄助は嬉々とした様子で、由来を語り出した。

「昔、あるご妻女が女人の病で苦しんでいたところ、旦那が家に帰ってこなくなった。そこで、病に効く薬草を煎じて服み始めると、病はすっかり治ったそうだ。そうしたら、旦那も家に帰ってくるようになった。旦那が『当に帰るべし』だってんで、この薬草は『当帰』って名づけられたんだよ」

「その旦那さんって、ずいぶん冷たい人ですね。おかみさんが病で苦しんでいるのに、家に帰ってこないなんて」

助松は憤慨した面持ちで言った。

「それに治った途端、帰ってくるのも、ずいぶん身勝手ですし」

まったくその通りだと同意してもらえるかと思いきや、庄助は困惑気味の表情を浮かべつつ、

「ま、そうなんだが、病が特別なものだったせいでもあるんだろうさ」

と、どこかあいまいな口ぶりになって言う。

「女人だけがかかるってことですか。頭が痛くなったり、気鬱になったりするんでし

たっけ」

「他にもいろいろあるんだよ。くわしいことはまた江戸に帰ってから、お父つぁんに訊くんだな」

最後はそれ以上の疑問を封じるような調子で、庄助は話を打ち切った。どうもおかしいと思ったが、それ以上問いかけをすることはできなかった。ゆりの上品な笑い声がそれを遮ったからであった。

「さすがは江戸の薬種問屋のお方ですわ。本当におくわしくていらっしゃること」

くすくすと笑い続けるゆりの声は、助松にはどこかわざとらしく聞こえた。笑い声ばかりでなく、こちらに向けられた笑顔にも翳がある。虚しさを隠すために、ことさら楽しげに取り繕っているような——。

(この人、本当は少しも楽しくないんじゃないのか)

そんなことを考えていたら、ゆりは笑顔を貼りつかせたまま小首をかしげた。黒目がちの瞳にじっと見つめられると、心を読み取られそうな怖さがあり、助松は目をそらしてしまう。

それからほどなく、目当ての薬草畑へ到着した。

「ここですわ。この畑の当帰はうちで育てております」

ゆりが指し示した畑には、光沢のある深緑の葉が茂っていた。近くでよく見ると、葉の縁は鋸のようになっており、茎がほんの少し赤紫がかっている。独特の香りも漂っていて、当帰に間違いない。

「これは、上質な薬草ですね」

庄助が葉の表面にほんの少し手を触れながら、明るい声を上げた。

「根を見てみないと確かなことは言えませんが、大和当帰にも負けないくらいなんじゃないかな」

当帰の薬は秋の頃、根を採って陰干しにして作られる。また、葉は食べることもできるし、湯の中に入れて香りを楽しみながら疲れを取るのにも使われた。

「なるほど、米の代わりに納める品というのもよく分かります」

庄助が感心して盛んに褒めるのを、ゆりは微笑を貼りつかせながら聞いている。その笑顔は先ほどよりもっと作り物めいたもののように、助松の目には見えた。

二

その後、当帰以外の薬草畑も見せてもらってから、名主の家へ戻ると、今度は囲炉裏端へと案内された。

大きな囲炉裏を囲んで、弥兵衛をはじめ数人の男たちが顔をそろえている。庄助と助松が弥兵衛の右隣へ並んで座ると、すぐに膳が運ばれてきた。大きな焼き魚がのっており、助松以外の者の膳には酒も添えられている。

「滅多にないお客人ですから、村の連中にも来てもらいました。何もありませんが、川魚は豊富に捕れましてな。他には山菜や筍とまあ、この地ではありふれたものですが召し上がってください」

弥兵衛が愛想よく言い、他の村人たちもにこにこと笑みを浮かべ、助松たちを歓迎してくれているように見える。

ゆりが庄助の傍らへ寄ってきて、「どうぞ」と酌をした。

「や、これはどうもすみません」

庄助は酒が飲めるらしく、恐縮しながらも嬉しそうにお酌を受けている。

助松は岩魚の塩焼きに箸をつけた。上野国へ来てから岩魚は何度か口にしたが、そのどれよりもこの当帰村で出た岩魚が立派で身もよくしまっており、味もいい。

（ちょっと変わってるところはあるけど、ふつうの村だよな）

そう思う一方で、多陽人がこの村で姿を消したという疑惑が消えたわけではない。

（当帰のことはいろいろ分かったけど、葛木さまのことは分からなかった……）

ひそかに弥兵衛の顔を盗み見たが、多陽人を知らないという言葉の真偽のほどは分からない。弥兵衛が知らないと言う以上、村人たちはゆりも含めて、同じことしか言わないだろう。

村人から聞き出せないのなら、自分たちで勝手に捜し回るしかない。となれば、今晩、皆が寝静まってからということになるが、庄助はゆりに注がれるまま杯を干し続けている。

（庄助さんが酔っぱらっちゃったら、困るんだけどな）

時折、庄助を横目で見ながらも、助松の箸は止まらない。岩魚をぺろりと平らげ、柔らかな筍の煮物をつまみながら、助松は十分満足していた。庄助も酒を飲んで、上機嫌な様子である。

こうして、夕餉の時は和やかに過ぎていった。それが急に断ち切られたのは、助松が膳の上のものを一通り平らげ、新しいものを運ばせましょうかとゆりから訊かれ、それを断った時であった。

「旦那さまにお会いしたいと、村の者が来ております」

女中が弥兵衛に小声で耳打ちしている。弥兵衛は相手が誰かを訊いた後、ここへ通してよいと答えた。ややあって、三十路ほどの男が案内されてきた。

「益次郎、今晩は遠慮すると聞いていたが、都合がついたのかね」

弥兵衛が尋ねると、益次郎と呼ばれた村人は「いえ」と暗い表情で答えた。

「せっかくのお誘いをお断りしたのは、息子が熱を出したからでございまして。枸杞の根を煎じて服ませたんですが、熱は一向に引かず……」

枸杞とは、実も根も葉も生薬として使われる低木である。平地で育ち、山に自生はしないそうだが、この村では人の手で育てられていると、先ほどゆりから説明されたばかりであった。

枸杞の根の皮は「地骨皮(じこっぴ)」といい、確かに熱さましの効能があるが、益次郎の息子には効かなかったようだ。

「お客人をお招きの席にご迷惑と思ったのですが、こちらにおすがりするより他なくて」

額を床にこすりつけるように訴える姿は必死であった。だが、地骨皮が効かないのなら、別の生薬を試すか漢方薬を処方すればいい。いや、その前に医者を訪ねるべきだろうに、なぜ名主のところへ来るのだろう。

(もしかして、この村には医者がいないのかな)

外の医者を村へ呼ぶには弥兵衛の力が必要なのか。助松がそう思いめぐらしていると、

「それはさぞ心配だろう。少し待っているように」

弥兵衛は心から案じる様子で言い、すぐに立ち上がると、その場を離れた。

祈るような面持ちの益次郎を前に、誰も口を開かない。静まり返ったその席へ、や

がて弥兵衛が戻ってきた。

「このお札を息子の枕元に置いておきなさい」

重々しい調子で、弥兵衛が差し出したのは一枚の短冊である。お札と言うからにはまじないの言葉でも書いてあるのだろうが、医者や薬の話をする前にお札とは、いったい――。

「ちょっと待ってください」

その時、庄助が大きな声を上げた。酒が入っているせいか、いつもより気が大きくなっているようだ。

「お札と聞こえましたが、薬を処方すべきではないのですか」

弥兵衛をはじめ、その場にいた者の眼差しがいっせいに庄助に注がれる。

「庄助さん」

弥兵衛がたしなめるような調子で声をかけた。

「私どもには私どものやり方がある。あなた方のことは歓迎するが、私どものやり方に対し、口を挟むのはご遠慮願いましょうか」

「そんな大それたことを言うつもりはありません。ただその方のお子さんには、漢方の薬を試すことをお勧めしたいのです。幸い麻黄湯を持っておりますので、お分けいたしますよ」

庄助は懐から巾着を取り出し、それを開けた。麻黄湯は麻黄、桂皮、杏仁、甘草を用いた漢方の薬で、助松も材料と配分は知っている。

「熱さましに用いられるものです。お子さんと聞きましたから、葛根湯よりはこちらの方がよいでしょう」

葛根湯も熱さましに使われる漢方の薬で、麻黄や桂皮も使うが、葛根や大棗、生姜など、麻黄湯に使わない生薬も配合される。

(葛根湯は、もともと丈夫な人に用いられるんだよな)

助松がひそかに考えているうちに、庄助は巾着の中から麻黄湯の包みを見つけ出し、顔を上げた。その途端、

「ご親切はお断りいたしますよ」

弥兵衛の冷たい声が飛んできた。

「え……」

打って変わった弥兵衛の無表情に、庄助の顔から一気に酔いが抜けた。

「麻黄湯はいらないと言ったんです」

「いらないって、そちらのお子さんは熱で苦しんでいるのでしょう。地骨皮、いや、枸杞の根が効かなかったのなら、こっちを試してみるべきです。麻黄湯は体に優しい薬ですから心配はいりません」

庄助は熱心に訴えたが、弥兵衛の迷惑そうな表情が変わることはなかった。

「とにかく、私どもには私どものやり方があるということです。さあ、益次郎。このお札を持っていきなさい」

弥兵衛が有無を言わせぬ語調で言うと、益次郎は「へえ」と神妙に返事をして前に進み出た。そして、弥兵衛のお札だけを受け取ると、庄助とは目も合わせようとせず元の場所へ下がった。

「名主さま、ありがたく頂戴いたします」

益次郎は深々と頭を下げて礼を述べ、お札を手に帰っていった。その後に残ったのは、白々とした気まずい沈黙だけである。

「さて、そろそろ夕餉の席もお開きとしましょうか」

弥兵衛がそう言ったのを機に、村人たちは居住まいを正し、頭を下げた。

「お客人たちのお休みになるお部屋へは、ゆり、お前がご案内しなさい」

弥兵衛の言葉に、ゆりが「かしこまりました」と応じる。

「では、お先に失礼しますよ」

弥兵衛は皆に言い置き、いちばんにその場を去っていった。弥兵衛を見送った後、村人たちもすぐに立ち去る様子を見せる。

「お二方さま、お休み所へご案内いたします」

ゆりが庄助と助松に告げ、立ち上がった。庄助は不可解な面持ちで巾着を懐に突っ込むと、ゆりの後に続いた。

「やっぱり変ですね、この村」

ゆりが少し離れたのを見澄まし、助松は庄助に小声で告げた。

「そうだな」

庄助はいつになく険しい顔つきでそう応じた。

三

ゆりが二人を案内してくれたのは、二間続きの座敷であった。一部屋は十畳、もう一部屋は八畳もあり、間が襖で仕切られている。

「こっちの小さい部屋に、俺たち二人で十分なんですが」

庄助が気圧されたような表情で呟いた。布団は十畳と八畳別々に敷かれている。

「いいえ、お一人ずつ、ゆったりとお休みください。これでよかったと思うかもしれませんし」

そう言って、ゆりはほんのりと謎(なぞ)めいた微笑を浮かべる。

「どういうことですか」

庄助は訊き返したが、ゆりはふふっと笑うばかりである。庄助はそれ以上取り合おうとせず、尋ねたいことがあると話を変えた。

「この当帰村に、葛木多陽人という人は来ていませんか」

真っ向から庄助が問うと、ゆりの顔から微笑が消えていった。

「そのお尋ねには、先ほど父が答えたはずです。それ以上、私から申し上げられることはございません」

にべもないゆりの返事に対し、庄助はすぐに「分かりました」と引き下がった。

「では、もう一つ。先ほど益次郎さんに渡したお札に何が書いてあったのか、教えていただけないでしょうか」

「おいらも知りたいです」

ゆりが口を開くより先に、助松は声を上げていた。

「もしかして、歌が書かれていたんじゃありませんか」

助松の言葉に、ゆりは目を大きく瞠る。

「どうして歌と思ったのですか」

「そのう、烏川を流れてきた竹筒の中に、歌を書いた紙が入っていたって聞いたんです。もしかしたら、この村の人が流したものじゃないかなって、思ったんですけど」

この村の人は歌に馴染みがあるのではないか、だからあのお札にも歌が書かれていたのではないか。自分でも少しこじつけのように思えたが、ゆりは「そうですか」と呟いた後、思案する顔つきになった。それから、ふと表情を改めると、

「益次郎さんにお渡ししたお札に書かれていたのは、確かに歌でございます」

ゆりは助松の目を見ながらはっきりと答えた。助松と庄助は思わず顔を見合わせる。

「教えてください。あのお札にはどんな歌が書かれていたんですか」

助松が頭を下げて頼むと、ゆりはそっとうなずき、口を小さく開いた。

鶯（うぐいす）の　来鳴（きな）く山吹（やまぶき）　うたがたも　君が手触れず　花散らめやも

しづ子のように節をつけて歌うわけではない。まったく抑揚をつけずに口ずさまれたその歌は、和歌というより呪文（じゅもん）のように聞こえた。ただ、歌自体はさほど難しくなく、「鶯」「山吹」「君」「花」と耳慣れた言葉も多い。

「どういうことを詠（よ）んでいるのですか」

「これは、大伴池主（いけぬし）という人が大伴家持というお方に贈った歌です。この時、家持は病にかかっておりました。『鶯がやって来て鳴く山吹の花は、あなたが手を触れぬまま散ってしまうことはありますまい』と詠みかけ、病が治って共に花を見る日を願っているのです」

「病平癒を祈る歌をお札にしたってのか」

　庄助が唸るように呟いた。

「いや、お札が悪いって言いたいわけじゃないんですよ」

　庄助は誤解されまいと、ゆりに向かって真面目に訴えた。

「でも、お札ってのは病を避けるためとか、薬の効き目をさらに高めるためとか、そういうふうに使うもんでしょう。せっかく麻黄湯があるっていうのに、どうして拒まれたのか、そこが分からないんですよ」

「そうですよ。麻黄湯は子供が服んでも大丈夫な薬なのに……」

　助松も庄助に続いたが、ゆりの表情は変わらなかった。

「お尋ねになりたいことは、これで終わりでしょうか」

　やがて、ゆりは静かな声で訊いた。

「お済みでしたらこれで失礼します。ごゆるりとお休みくださいませ」

　ゆりは丁寧に頭を下げると、物足りない表情の二人を残し、部屋を後にした。その足音が聞こえなくなるのを確かめると、

「こんなだだっ広い部屋で寝てる場合じゃないよな」

　と、庄助は言い出した。

「はい。葛木さまはやっぱりこの村にいらっしゃると思います。だって、ゆりさんの

返事、変でしたから。来てないなら『来てない』って言えばいいだけなのに」

「うーん、俺もゆりさんは訳ありだと思うんだが、あの調子じゃ口を割りそうもない。それより、あの益次郎って人の方がしゃべってくれそうだと思わないか」

庄助の言葉に、助松は大きくうなずいた。

「伊勢屋の麻黄湯をこっそりお渡しすれば、今度は受け取ってくれるかもしれません」

先ほどすんなり引き下がったのは、弥兵衛を憚ってのものとも考えられる。そこで、二人はさっそく益次郎の住まいを訪ねることにした。肝心の場所が分からないが、名主の屋敷を脱け出しさえすれば、何とかなるだろう。熱で苦しむ益次郎の息子を助けたいと言えば、哀れに思って教えてくれる村人だっているはずだ。

そんなことを言い合って支度を調え、二人はこっそりと屋敷の外へ出た。提灯を使えないのが不便だが、見張りがいるわけでもないので、外へ出るのは容易かった。

生垣を出たところでいったん身を潜め、息を整えてから、二人は道を歩き出した。まずは、ふきという少女と出会った集落へ行こうと決めてある。ところが、少し進んだところで、

「もうし、お客さま方」

と、道の端の方から声がかかった。提灯も持たずに誰かが佇んでいたのである。

「名主さまのお屋敷の、お客さまでいらっしゃいますか」

「その声は、益次郎さんじゃないですか」

庄助が訊き返すと、「さようでございます。先ほどお目にかかった益次郎めにございます」と人影が近付いてきた。

「ちょうどよかった。お宅の場所を探そうとしていたんですよ」

「私めもお客さま方にお会いするべく、お屋敷をうかがっていたところでございました」

益次郎は声を潜めて告げた。自分の家まで案内したいというので、願ったり叶(かな)ったりだとすぐに承知する。

益次郎の家はふきと会った集落の中にあった。女房と子供の三人暮らしだという。五つになるという息子は布団に横たわり、母親がつききりで看病していた。その枕元には例のお札が置かれている。

赤らんだ子供の顔は苦しそうで、熱が引いていないことは一目で分かった。庄助はすかさず懐から薬の包みを取り出し、「麻黄湯を服ませてあげてください」と、益次郎に押し付けるようにした。この時は、益次郎も四の五の言わずに受け取ると、それを女房に手渡した。

「ああ、ありがとう存じます」

女房は神仏を拝むように手を合わせ、庄助と助松に感謝の言葉を述べた。

庄助は薬の処方について話をし、子供が薬を服み終えるまで、様子を見守っていた。そして、子供が再び横になったのを機に、二人は益次郎の案内で隣の部屋へ移った。

「先ほど枸杞の根は服ませたとおっしゃっていましたよね。生薬なら服ませてもいいのに、漢方の薬は嫌うってどういうことなんですか」

庄助が益次郎に小声で問うと、「漢方を嫌うわけではありません」と、益次郎は答えた。

「ただ、私は麻黄湯の作り方を存じません。葛根湯も同じです」

「けど、名前は知っているのですよね。そもそも、この村では薬草をたくさん作っているのに……」

「その通りです。だから、採れた薬草をそのまま煎じて服むことはできますし、それで治ることも多い。けれども、漢方の薬となれば、使う薬草も多岐にわたりますし、分量にも注意が必要でしょう」

「そりゃあ、うちの店でだって、そういう薬を作るのは限られた人だけですよ。けれど、この村に作れる人が一人もいないわけじゃないのでしょう?」

益次郎は苦しげな表情になり、庄助から目をそらした。

「益次郎さんが名主さんに助けを求めたのは、名主さんが麻黄湯や葛根湯を用意できるからじゃないんですか。名主さん自身が作れなくても、人に命じて作らせることがあの方にならできるでしょう」

その問いかけに対しても、益次郎の返事はなかった。自分からは何も言えない、どうかそのへんは察してくれと、縮こまらせた体で訴えている。

庄助は助松と目を合わせると、これ以上を聞き出すのは無理だろうというように小さく溜息を吐いた。

「あなたさま方には本当に感謝しております。けれども、名主さまのご意向に対して、あれこれ申し上げることは私にはできません」

益次郎は深々と頭を下げると、申し訳ないと謝罪した。

「名主さんって、そりゃあ、この村ではいちばん偉い人なんだろうけど……」

呆気に取られた様子で、庄助が呟く。確かに、益次郎の言いぐさも態度も少し大袈裟だと、助松も思った。

「それが、私どもの掟のようなものなんです。他には言いようがございません」

益次郎の物言いに、偽りやごまかしは感じられなかった。しかし、益次郎から話を聞くのも無理となると、他に手づるはない。助松ががっかりしていたら、

「けれども、この村の事情は、いずれお二方もお分かりになると存じます」

不意に益次郎が顔を上げて言った。

「いずれ……？」

「はい。早ければ今夜のうちにでも」

妙に確かな口ぶりで、益次郎は告げた。

「益次郎さんが話してくれないのに、どうやってこの村の事情を知ることができるんですか」

首をかしげながら助松が訊き返すと、どうやってかは言えないがとにかくそうなる、と益次郎は言う。助松と庄助は再び顔を見合わせ、ただ強まる疑念を互いの目の中に確かめるしかなかった。

第六首　常世辺(とこよへ)に

一

益次郎の言うことはまったく理解できないまま、助松と庄助はその家を出た。どちらにしても、この村には何らかの隠しごとがある。

「益次郎さんは、今晩のうちにも分かるみたいなことを言っていたが、狐につままれたような話だよな」

途方に暮れた様子で、庄助は空を見上げた。三月下旬の月はまだ昇っておらず、夜空には星が瞬(またた)いている。

「この後、どうしましょう」

「ひとまず、あまり遅くならないうちに、この村のことを探ってみよう」

庄助は助松に目を戻して答えた。

「俺は村の端伝いに歩きつつ、葛木さまがここに来た証(あかし)がないか探してみるつもりだ」

「それなら、おいらもいっしょに……」

と、助松は言ったのだが、「いや、お前は名主の家へ戻れ」と庄助から断られた。

「誰かが部屋に様子を見にくる心配もある。お前が俺のいないことをごまかしてくれ。それと、もしゆりさんに会えたら、もういっぺん探りを入れてみろ。歌のことはけっこう気軽に話してくれたから、訊き方によっちゃうまくいくかもしれない。お前ならできるだろう」

期待のこもった目を向けられると、断ることはできなくなった。もう一度ゆりに接して、何かを聞き出すのが重要なことも分かる。助松は「分かりました」と答えた。

「でも、庄助さん。あまり無理しないで、夜が更けないうちにちゃんと帰ってきてください」

「俺は大丈夫だ。先に寝ちまってかまわないからな。互いに新しいことを仕入れたら、明日の朝、確かめ合おう」

そう取り決めて、助松と庄助は初めにこの村へ入った集落の空き地で別れた。

庄助が村の端伝いに歩いていくのを見送って、来た道を戻ろうとしかけた助松は、ふとふきのことを思い出した。ふきの家もこの辺りにあるのだろうか。ゆりにぶつかってみるのも大切だが、もしかしたら、ふきのような子供の方が案外簡単に口を割ってくれるかもしれない。

(そういえば、あの毘沙吐村でも子守をしていた女の子のお蔭で、さぶちゃんから話をいろいろ聞けたんだった)

あの子の名前も聞いていなかった。わずか三日しか経っていないのに、ずいぶん前のことのように感じられる。

ふきは毘沙吐村の少女よりかわいい顔をしていた。言葉遣いや物腰は大袈裟なくらい丁寧で、

(何だか、どこかのお姫さまみたいだったな)

などと姿かたちを思い浮かべながら、助松は名主の屋敷への道を引き返した。

道に小さな人影を見つけたのは、もうずいぶん屋敷に近付いた頃おいであった。先ほどの益次郎と同じように、提灯も持たずに誰かが道に佇んでいる。近付いてみて驚いた。相手はふきだったのだ。

「どうしたの、こんな所で」

先ほどはほとんど言葉も交わせなかったが、今はすらすらと言葉が出てきた。

「そなたに会いに来たの」

親しみやすい声であったが、「そなた」という物言いは、村娘には馴染まない気がする。しづ子から「そなた」と言われても何も思わないのに、ふきに言われるとどうも落ち着かなかった。といって、どう呼んでもらいたいのかと訊かれても、答えようがないので、取りあえず助松は聞き流すことにした。

「えっと、おいらに？　庄助さんじゃなくて」

「そうよ。あちらのお兄さまは私とは釣り合わないもの」

ふきはそう言って、助松ににっこりと微笑(ほほえ)んでみせた。釣り合わないとはどういう意味かと、内心で首をかしげていたら、

「せっかくそなたに会いに来たのに、お部屋にいないから、こうして戻ってくるのを待っていたのよ」

ふきはさらに言い、助松の片手をそっと両手で包み込むようにした。そんなことを誰かにされた覚えのない助松は、我知らずどぎまぎした。

（おっ母(か)さんが生きていたら、こんなことをしてくれたのかな）

一瞬そんなことを思ったが、もちろんふきを母のように思うことはできない。ならば、姉のような感じと言うべきか。いや、姉と言うなら、しづ子のような人こそふさわしいだろう。そして、しづ子とふきではどこかが違うという気がしきりにする。

「どうして黙っているの」

ふきが助松の目をのぞき込むようにして訊いた。

「あ、ううん。別に……」

この村について尋ねたいことは山ほどもあるというのに、なぜその言葉が出てこないのか、助松は自分でも不思議だった。

だが、助松は自分の心のありようについて、それ以上考え続ける必要はなかった。

その時、名主の家の門を出てくる人影に目を奪われたからである。相手も提灯は持っていなかったが、屋敷から漏れる明かりで誰かは分かった。

「ゆりさん――」

重箱くらいの大きさの風呂敷包みを手に、ゆりはどこへ行くのだろう。助松はその瞬間、ふきのことよりも、ゆりの姿に気を取られた。すると、ふきにつかまれた右手がぐいっと引っ張られた。

「ゆりさまのことが気になるの？」

ふきがそう尋ねてきた。

「う、うん。こんな時刻にどこへ行くのかなって」

「ゆりさまのこと、好きなの？」

突然、思ってもみない問いかけがぶつかってきた。

「え、好きって、今日会ったばかりの人だし……」

助松が動じた様子を隠せないでいると、

「ゆりさまのことは好きになっても駄目。そなたにゆりさまは釣り合わないわ」

先ほどと同じ言葉を使って、ふきは告げた。

「釣り合う、釣り合わないっていったい……」

助松が困惑して言葉を返すと、

「こっちへ来て」

ふきは助松の手を引き、名主の屋敷に背を向けて歩き出した。屋敷地に沿った道を歩き出したゆりとも離れ、助松は今来た道を集落の方へ戻る形となる。

屋敷へ戻らなければならない、これでは庄助に言いつけられたことを果たせなくなる、とは思ったが、どういうわけか、ふきの言葉には逆らえない気がした。

ふきは集落までは戻らず、途中の道を曲がった。そこを少し進むと、小さな丘のようなところに出た。ふきはその丘を登り、助松も手を引かれるまま、丘を登る。

さほど高くもない丘のてっぺんで、ふきは腰を下ろし、助松もその隣に座った。

「私ね、この村から外へ出たこと、一度もないの」

と、ふきが突然言った。そうではないかなと思っていた助松は驚かなかったが、どう返事をすればいいのか分からず黙っていた。

「でも、外へ行ってみたいと思ったことはないわ。外から人が来てくれるから。私はそれを待っていればいいんだって、ずっと信じていたから」

ふきの独白は助松には謎めいて聞こえた。だが、それが不思議なことに、ふきという少女の魅力のように感じられた。

「この村には、そんなにたくさんの人が外からやって来るの？」

あまりそんなふうには思えなかったので、助松はそう訊いてみた。

「たくさんではないわ。選ばれた人だけがやって来られるの。そして、ここから出ていきたいと思わなくなるの」

夜空に目を向けながら、歌うようにふきは言う。その横顔にどうしようもなく惹きつけられながらも、助松は何となくふきを怖いと思った。

「出ていきたいと思わなくなるって、どういうこと」

助松は思い切って尋ねてみた。

自分や庄助のことを言っているのなら、なおさら怖い。自分たちは帰らなければならないのだ。伊香保ではしづ子たちが心配しながら待ってくれている。

それまで空を見つめていたふきの眼差しが、助松の方へ注がれてきた。その瞳は星を宿したように明るく見えた。

「浦島子のお話、知っている?」

ふきは助松の問いには答えず、突然そう尋ねた。

二

「浦島子って、浦島太郎のお話のこと?」

ようやく気を取り直して、助松が訊き返すと、ふきは小首をかしげて、どんな話なのかと促すように助松を見つめた。その話なら、旅に出る前、賀茂真淵宅で話題になったこともある。

「浦島太郎はある日、亀を釣り上げたんだけど、かわいそうだからと逃がして海へ帰してやるんだ。そうしたら、別の日、漂う小船に乗って困っている美しい女の人を見つけて……」

その女を助けて故郷まで送り届けてやると、そこは龍宮城。浦島太郎と女はそこで夫婦になり、三年を過ごした。やがて、浦島太郎は故郷へ帰ろうと思い立ち、妻に相談する。すると、妻は自分が助けられた亀であったことを打ち明け、形見の美しい箱を「決して開けてはなりません」と言って渡した。浦島太郎は故郷へ戻るが、そこでは何と七百年もの時が過ぎていて……。為す術もなく茫然とした浦島太郎は、妻の形見の箱を開けてしまう。すると、美しい雲が立ち上り、浦島太郎は鶴に姿を変えて空を飛んでいった。

助松が『御伽草子』の話を聞かせると、

「私が聞いているお話と似ているけれど、少しだけ違うわ」

と、ふきは言い、自分の知る浦島子の話を語り出した。

違っているのは、浦島子は釣り船に乗るうち常世の国へ行ってしまったことと、夫婦になるのが海の神の乙女であることだ。妻から玉篋（美しい箱）を渡されるのは同じだが、そこから出てきたのは白い雲で、浦島子はそれが常世の国の方へたなびいて行ってしまうと、老人になって死んでしまうのだという。

「そなたの話では鶴になるのだから、そちらの方がいい終わり方かもしれないわね」

と、ふきは最後にぽつりと呟いた。

「おいらの話と、どうして少しだけ違っているんだろう」

「私のは『万葉集』に載っているお話よ」

ふきはそう告げた。そういえば、浦島太郎の話が『万葉集』に載っていると、賀茂真淵が言っていなかったか。

このお話をもとに詠まれた歌があると続けて、ふきは目を閉じ、一首の歌を口ずさんだ。

常世辺(とこよへ)に　住むべきものを　剣刀(つるぎたち)　己(な)が心から　鈍(おそ)やこの君

「常世の国に住んでいればよいというのに、自分から出ていってしまうなんて、浦島子は何て愚かなんだろうって言っているの。私も本当に愚かな人だって思うわ」

最後はあきれたような口ぶりで、ふきは言った。気がつくと、ふきは目を開けており、その目はじっと助松に向けられていた。

「そなたもそう思うでしょう？」

瞬き一つしない目でじっと見つめられると、またもや逆らえない気分になる。

「うん。確かにそう思うけど」

「そなたは浦島子のように愚かな人ではないわよね」

畳みかけるように、ふきは尋ねてくる。

「う……ん。愚か者にはなりたくないよ」

「よかった」

ふきはにこやかに微笑んだ。星が瞬いたようであった。

「ここは、常世の国なのよ」

浦島子の話を持ち出した時と同様、また唐突にふきは言った。

「それは、どういう……」

常世の国とは、そこに住む者が永久の命を持つ国のことではないのか。助松の知るお話で、浦島太郎が行くのは龍宮城だが、はっきりと説明されなくとも、そこも常世の国のように思われた。だが、この当帰村は――。

「別に、ここに暮らす人が死なないというわけじゃないわ」

ふきは助松の内心を読んだように告げた。

「でもね、ここも常世の国のようにすばらしいところなの。ここへ来た人は出ていきたいなんて思わなくなるわ」

ふきの話が浦島子の話を持ち出す前のところまで戻ってきた。

「さっきもそんなことを言っていたよね」

今度こそ、ふきの真意を確かめようと、助松はふきの顔に見入った。

「どういうことか、今度はちゃんと聞かせてほしい」

「だから、浦島子が常世の国に行った時のようになるの。帰りたいと思わなくなるのよ」

「だけど、浦島子は最後は故郷へ帰るじゃないか」

「それが愚かだって、今、話したばかりでしょ」

教え諭すような口ぶりで、ふきは言った。

「そなたは愚か者にはならないと言ったわよね。だったら、帰らなければいいの。帰ろうなんて思わなければいいの。そうしたら、ずっと常世の国で暮らす浦島子のように仕合せに暮らせるのよ」

揺るぎのない口ぶりで言うふきは、この世の者のようには見えなかった。浦島子が常世の国で契った海の神の乙女とは、もしかしたら、こんなふうだったのではないか。だったら、自分は浦島子になれるのか。いや――。

「おいらは浦島子にはなれないよ」

心のどこかに虚しい風が吹くのを感じながら、助松は言った。

「どうして」

「おいらは帰らなければいけないから。待っている人がいる」

「待っている人って？」

「お父つぁんだよ。奉公してるお店の旦那さんだってお嬢さんだって……」

「そういう絆はこの村で新しく作ればいいのよ」

事も無げな調子でふきは言った。

「新しく作るって、親子の絆なんて無理に決まっているじゃないか」

「そんなことはないわ。この村で誰かと夫婦になればいいのよ。親もできるし、いつかは自分が親になるかもしれない。そうしたらもう、外へ帰ろうなんて思わなくなるわ」

ふきの話は助松が考えてみたこともない内容だった。それは、夢物語のように聞こえる一方、確かな手触りを感じさせる事柄も含まれていた。

「この村へやって来た人で、浦島子みたいに愚かなことを言い出した人は……」

ふきが歌うような調子で言い、助松から目をそらした。ふきの眼差しは夜空へと注がれている。星明かりを受けて、ふきの顔がおぼろに浮かんでいた。

その横顔はそれまでになく冷たい感じがして、助松は妙に寒々しい心地を覚えた。

「愚かなことを言い出した人はどうなるんだ」

口をつぐんでしまったふきの横顔に、助松は畳みかける。すると、ふきの眼差しが再び助松の方へ戻ってきた。しかし、その時の表情はつかみどころがなく、先ほど星のようだと思った瞳はぼんやりとしていた。

「……さあ」

と、ふきはとぼけて首をかしげる。

「浦島子のようになるって言いたいのか」

助松は先ほどのふきの話を思い出しておののいた。助松の知る浦島太郎の物語と違い、ふきの語った『万葉集』のお話では、浦島子は最後に死ぬ。ふきはそう言いたいのだろうか。

「ここへやって来た人はね」

ふきはつかみどころのない表情のまま言った。

「どちらにしても、外へはもう戻れないのよ」

助松は返事ができなかった。いつの間にか体も強張（こわば）り、動くこともできなくなってしまったように思われた。

ふきの両手が再び助松の手を包み込んだ。

「そなたを私の婿殿（むこどの）にしてあげてもいいのよ」

と、ふきは言う。その言葉が唐突だとは、もう助松は思わなかった。初めから、ふきはそれを言うつもりで、自分をここへ誘い出したのだと思われたし、途中からは自分もそのことに気づいていたと思う。

「この村の人になれば、そなたも皆から大事にしてもらえるわ」

ふきの両手に力がこもる。

「知りたいと思っていることもぜんぶ教えてもらえる」

その言葉に嘘はないだろう。たぶん、今助松がふきの申し出を受けると言えば、この村の秘密をすべて明かしてもらえる。その中には多陽人のことも入っているのかもしれない。益次郎の息子に弥兵衛が漢方薬を与えなかった理由も分かるだろう。

それでも、助松はうなずくことはできなかった。

うなずけば、本当にこの村から出ていけなくなりそうだった。そして、口先だけの約束をし、ふきを騙すのも嫌だった。

助松は凍りついたように動けなかった。小高い丘の上を、甘い花の香を含んだほの温かい風が吹き抜けていった。

同じ頃、当帰村のとある場所では——。

周囲を生垣に囲まれた一軒家の前に、二人の男が立っていた。

「また、歌い出したか」

「ああ、そのようだ」

男たちは顔をしかめた。

「捕らわれの身だっていうのに、いい気なもんだ」

「捕らわれといったって、十分すぎるほどの待遇だからな」

あきれたように、男たちが言い合ううちにも、よく通る歌声が響いてきた。

鶯の　黄金欲しさに　来たれども　山吹なれば　鳴かず飛び去る
常世辺に　住むべきものか　永久の　楽しみなんぞ　いつかは飽きる

「いつも思うが、おかしな歌だ」

「山の下じゃ、あんな歌が流行っているのだろうか」

そんなことを言い合う二人の男たちの顔つきが不意に変わった。一軒家を目指してやって来る女の影に気づき、二人は姿勢を正した。

「……さま」

恭しく拝礼する。

「あの方はまた、お歌を……？」

「はい。何やら変わった歌ばかり。よろしいのでしょうか」

男の一人がやって来た女の意をうかがった。

「かまいません。好きにさせておあげなさい」

女は手に提げていた風呂敷包みを男の一人に渡した。

「これをあの方にお渡しして」

「お会いになっていかれないので？」

「そうね。私のお会いしたいお方ではないようですから」

とだけ言って、女は来た道を戻っていった。男たちは女の言葉の意味が分からないという顔つきをしていたが、あえて訊き返すことはせず、再び恭しく拝礼して、女を見送った。

その後、風呂敷包みを受け取った男が家の中へ入っていくと、間もなくふざけたような放吟（ほうぎん）はやんだ。代わりに、

「これはこれは、ありがたいことどす。酒までついているやおへんか」

上機嫌な男の声が華やかに聞こえてきた。

三

翌朝、目覚めれば、助松は名主の屋敷の八畳間で、柔らかな布団にくるまれていた。飛び起きて襖を開けると、隣の十畳間では庄助が支度を済ませたところらしく、「あぁ、おはようさん」といつもと変わらぬ顔を見せた。

（よかった。庄助さんもちゃんと戻ってきていたんだ）

助松がふきと別れて戻ってきた時、庄助はまだ帰っていなかった。ふきから言われたことやら、どこかへ出かけたゆりのことが気になり、庄助が帰ってくるまで起きていようと思ったのに、いつしか寝入ってしまったようだ。

起き抜けの頭は少しぼんやりしていたが、庄助の顔を見ると、すっきりとしてきた。

「庄助さん、葛木さまは……」

まずそのことを尋ねると、庄助は無言で首を振る。

「そうですか」

そんなに簡単に見つかると思っていたわけではないが、やはり心が少し重くなる。

それから、助松は急いで身支度を整え、布団を片付けると、庄助と膝（ひざ）を付き合わせ、昨夜のことを話し合った。

「俺はこの村の端をぐるっと回ってみた。外に通じている道はなさそうだったよ。俺たちが最初に立ち入ったあの集落に通じる道が、ただ一つの出入り口なのかもしれない。他は林に囲まれているように見えた」

と、庄助は告げた。村の周辺を歩いてかかる時は半刻余りだろうかと思う。時を知らせるものがないので確かではないが、それほど大きな村ではなさそうだ。多陽人がここに立ち入った痕跡は見つけられなかったという。

庄助の話が終わると、助松はゆりが風呂敷包みを持って、どこかへ出かけていくのを見たと告げた。

「後をつけたのか」

庄助が期待に目を見開いて問う。

「いえ、止められちゃって……」

「止められたって誰に？」

「ここへおいらたちを案内してくれたふきっていう子です」

「ああ、あの……」

と、庄助はふきの顔を思い出したようだが、どうしてふきがその場にいたのかと怪訝そうな表情を浮かべている。

昨夜のふきとのやり取りは、他人に言うべきことではないような気がしたが、庄助に打ち明けないでいては話が進まない。そこで、助松はできるだけありのままに、昨夜のことを話した。

　庄助は初めたいそう驚いていたが、そのうち、その表情は戸惑いを含んだものへと変わっていった。

　助松がおおよそのことを話し終えると、庄助はこほんと咳払いをし、

「それで、お前はそのふきって子に、確かな返事はしていないんだな」

　と、確かめてきた。

「はい。おいらは帰らなくちゃならないとは言いましたが、あっちはそれを聞き容れるっていうふうではなくて。どうしても帰ると言い張ったらどうなるのかは、結局、ごまかされて教えてもらえませんでした」

「お前がその子の婿になるって承知すれば、教えてもらえるんだろうがな」

「余所者には教えない秘密ってのがいろいろあるみたいでした」

　庄助は「ううむ」と唸るような声を出す。

「葛木さまのことなんですけど、もしかしたら、この村に来た時、おいらがふきに言われたのと同じようなことを誰かから言われたってことはないでしょうか」

　助松が言うと、庄助はもう一度唸った。

「それは十分に考えられるな。葛木さまはきっと帰るとおっしゃったんだろう。それ

で……」

「葛木さまはそんなに容易くやられたりしません」

助松はついむきになって言った。

「葛木さまがやられたとは言わないよ。けど、逃げられないように捕らわれちまったってことはあり得るだろう。この村の者になると言うまで、外には出さねえぞって脅されているとか」

そういう状況をまったく想定していなかったわけではないが、助松には多陽人のそんな姿は想像がつかなかった。多陽人ならば、人の目をくらませることなどいくらでも可能であり、簡単に捕らわれの身になるはずがない。

では、多陽人はどこに行ってしまったのだろう。

助松の考えが出口の見えない袋小路に入り込みかけた時、

「実はさ」

と、庄助が少しきまり悪そうな表情で切り出した。

「昨晩、俺もお前と同じような目に遭ったんだよ」

「え……」

「つまり、ある女から夫婦になってこの村で一緒に暮らしてくれって言われたんだ。浦島子の話はされなかったけど、後は大方同じような感じだったよ」

「その人って、まさか、ゆりさんですか」

「いや、ゆりさんじゃない」

と、庄助は真面目な顔つきで答えた。続けて、

「あんな別嬪(べっぴん)さんは俺には釣り合わねえよ」

と、昨晩、助松がふきから言われたようなことを口にした。

「あ、いや、昨晩、俺が話をした人だって、ゆりさんほどじゃないが、きれいな人だったよ。ゆりさんよりちょっと若かったかな」

決して昨晩の女を侮辱するつもりではないと、言い訳するように庄助は付け加える。

「まさか、庄助さん。承知したわけじゃないですよね」

「するわけないだろ」

庄助は大きな声で否定した。

「俺だって、お前と同じように、帰らなけりゃならないと言ったさ。その時の相手の様子も、さっきお前が話していたふきって子と同じような感じだったよ」

庄助はそう言った後、

「俺はあの時、その当人っていうより、この村のことを薄気味悪いって思ったよ。今、お前が同じ目に遭ったと聞いて、それがいっそう強まった」

と、少し沈んだ声で真面目に言った。

「おいらも同じです」

「益次郎さんが言っていただろ、昨晩のうちにも俺たちが村の事情を知るかもしれないってさ。あれって、このことを指していたんだな。つまり、俺たちが村の女の誰かから夫婦になるよう持ちかけられることを、益次郎さんは知っていたことになる」

「この村に来た人は皆、同じことを言われるのかもしれませんね。だから、村の外へ帰ろうという気持ちが起こらなくなるということでしょうか」

「そうなると、この村人たちの中にも、外からやって来て、ここで所帯を持ったって人がいるのかもしれないな」

浦島太郎と同じだと、助松は思った。

だが、龍宮城に暮らしていた浦島太郎だって、故郷へ帰りたいという気持ちになった。この当帰村がどんなに住みやすく、飢えや憂いのないすばらしい土地だとしても、外に故郷のある人なら帰りたいと思うのがふつうだ。

それをこの村の人々は阻もうとしている。

（ここは、常世の国なんかじゃない）

皆が満ち足りた暮らしを送っているのは確かなようだが、病にかかる者はいる。その時、漢方薬も与えられず、お札で治るなどと言われる暮らしが、すばらしいものであるはずがない。

「助松」

不意に、庄助が声の調子を変えて呼びかけてきた。

「お前、一人で伊香保へ戻ることができるか」

「一人で、ですか？」

庄助はどうするのかという眼差しを向けると、「俺はここに残る」と庄助は言った。

「二人で出ていっちまったら、万一ここに葛木さまが捕らわれていた時、その身が危なくなるかもしれないだろ。俺たちが葛木さまを捜していることは、もう知られているしな。それに、俺が戻らないとなりゃ、お役人がこの村を探索してくれるはずだ」

「でも、庄助さんの身が危なくなったりしないでしょうか」

心配そうに呟く助松に、庄助は明るく笑ってみせた。

「まさか、すぐに殺されるわけじゃないだろ。それに、この村を出ていくのとここに残るのと、どっちが危ないかは分からない。ここを出ていくお前だって、危ない目に遭う恐れは十分にある。村人たちに何かされなくたって、山道に迷っちまうことだってある。それでも、行けるか？」

この村へたどり着いた時の道は覚えていない。霞が出ていたし、集落を見つけたのは本当にたまたまだった。

まさか、本物の常世の国ではないだろうから、山の麓(ふもと)にたどり着ける道はあるはずだが、烏川沿いの一本道まで無事にたどり着けるかどうか。あそこまで行くことができれば、後は道を下っていけばいいだけだが……。

「分かりました。やってみます」

助松は覚悟を決めて言った。

村に残る役目と、伊香保へ戻って事の次第を知らせる役目——確かにどちらも危険ではあるが、庄助はより危ない方を引き受けてくれたのだ。助松は道に迷わず烏川までたどり着ければ、その後はもう助かったも同じだが、庄助の方は謎めいたこの村で不気味な村人たちと、しばらく共に過ごさなければならない。

その役を引き受けてくれた庄助のためにも、何としても伊香保へ戻って、このことを八重やしづ子に伝えなければならなかった。

「よし」

助松の覚悟の返事を聞き、庄助の声にも力がこもった。

「お前が人に気づかれず、ここを出ていく算段だが、俺に一つ考えがある」

庄助はそう言うと、「お前は具合が悪くなったふりをしろ」と告げた。それで、もうしばらくここで休ませてほしいと、弥兵衛とゆりに頼む。庄助と助松をこの村から出したくないというのが、村全体の方針であるなら、おそらく弥兵衛がそれを拒むことはないだろう。

看病は庄助がすると言えば、ゆりや女中たちをしばらく部屋から遠ざけることはできる。助松が臥せっているということになれば、仮に見張られているとしても、その目も緩むだろう。

「その隙を縫って、お前を屋敷の外に出す」

俺が手助けしてやれるのはここまでだと、庄助は言った。

「初めに立ち入った集落を抜けて外へ出るしかないが、人のいない隙を衝けるか？」

昼の間は子供や老人たちが戸外にいることが多いだろうが、といって夜まで待てば、道に迷う危険が増す。

「何とかやってみます」

助松は真剣な表情で答え、それから一度畳んだ布団を再び敷き、形だけ横になった。後は、ゆりか女中がやって来た時、具合が悪そうに振る舞えばいい。

その支度が調った時、部屋の外から「失礼します」と女の声がかかった。

第七首　天地の

一

庄助の考え出した策はうまく運び、助松の偽病は名主の家の人々に実にあっさりと信じてもらえた。弥兵衛からだといって、お札まで届けられた。そこには、益次郎の子供の時と同様、「鶯の」の歌が書かれている。

庄助は礼を述べて札を受け取る一方、ゆりや女中たちの世話は丁重に断った。

そして、頃合いを見計らい、助松はこっそりと名主の屋敷を脱け出すことに成功した。昼餉の時分なら、外に人も少なくなると踏んでのことである。

(この時刻なら霞も立たないだろう)

という目論見もあった。

とにかく耳を澄ませて、川の音だけを拾えと、庄助からは言われている。烏川の岸辺へたどり着くことさえできれば、この計画はほぼ成功だ。

助松は集落までの道のりを、ふつうに歩いた。人目を忍ぶような格好はかえって目立つため、あえてしない。どちらにしても小さな閉じられた村なのだから、目に入れば、余所者であることはすぐに知れてしまう。また、おそらく村の人々のほとんどが、余所者が名主の屋敷で世話になっていることを知っているはずだ。

だったら、いかにも名主の許しを得て外に出てきたふぜいで、堂々と歩けばいい。まさか、助松の具合が悪くなったことまで知れ渡ってはいないだろう。

(気をつけるのは、村の外へ出る時だけ)

ふきと出会った集落の空き地には、さすがに人がいたが、幸いなことに大人はいない。数人の子供たちは皆、十歳は超えていないと見える。

この機に脱け出そうと歩いていくと、一人の子供と目が合ってしまった。が、唇に指を当てて首を横に振ってみせると、その子は口を両手で塞いで、うんうんとうなずき返す。どうやら黙っていてくれるようだ。

助松はあっさりと村を脱け出すことができた。何の問題もなかった。いささか拍子抜けした思いで、村の外へと続く一本道を進んでいく。この道が途切れることなく、烏川の岸辺まで続けばいいのにと期待したが、さすがにそこまで都合よく事は運ばなかった。

道はすぐになくなってしまったのである。目の前には鬱蒼と生い茂る林が広がるばかりで、人が踏み固めたと見える道など見当たらなかった。

(でも、庄助さんとおいらはこの中を通ってきたんだよなあ)

どこかに道があるはずだと思いながら、さらによく捜そうと目を凝らした時、足もとから白い煙のようなものが漂ってきた。

(こんな時刻に霞が――)

まるで助松が脱け出したのを察し、それを邪魔しようとするかのように霞が立ち始めたのである。どういうことかと焦っているうち、助松の周りはあっという間に霞が立ちこめてしまった。

(これじゃあ、道に迷ったあの時と同じ……)

このまま勘だけを頼りに先へ進んでよいだろうか。それとも、当帰村へ引き返すべきか。ただ、霞は前だけでなく後ろにもかかっており、助松がこれまで歩いてきた道も見えない。

霞が消えるのを待つべきかもしれないが、立ちすくんでいると、急に寒くなってきた。暦の上ではもう春も終わろうとしているのに、そして先ほどまではまったく平気だったというのに、体が震えてくる。

(このままずっと霞が晴れなかったら……)

寒さが冷静な判断をできなくさせ、恐怖がそれに追い打ちをかける。こうなるともう、助松はじっとしていることができなくなった。とにかく動けるうちにどこかへ行こうと、助松は歩き出した。その時、

「どこへ行くつもり」

突然、助松は手首を後ろからつかまれて、思わず声を上げそうになる。が、一歩手前で何とか踏みとどまった。声には聞き覚えがあった。

「……ふき?」

振り返ると、ふきの咎(とが)めるような眼差(まなざ)しとぶつかった。霞が漂い流れる中、浮かび上がるふきの姿はどこか幻のように見えた。ただ、つかまれている手首の感触が、ふきが今確かにここにいることを実感させてくれる。

「そなた、この村を出ていこうとしたのね」

ふきの物言いは、その眼差し同様、咎めるような調子であった。だが、どことなく悲しげな響きもこもっており、助松はまるで自分が悪いことをしたような心地を覚えた。

「私の申し出を断るつもりだったのね。私の婿殿(むこどの)にはなりたくないというわけね」

さらにふきから言い募られた時、

「ち、違うよ」

と、助松は思わず口走っていた。

「何が違うの。そなたはこうして村を出ていこうとしているじゃないの」

「村を出ていこうとしたのはその通りだけど、また戻ってこようと思っていた」

助松は必死に言った。それは本当だった。ここに残った庄助を放(ほう)っておくつもりなどない。しかし、それを言ったところで、ふきの機嫌が直らないことは助松にも分かっていた。

「お父つぁんにちゃんと話をしときたかったんだ。黙ったままだと、お父つぁんが心配するからさ。浦島子だって親に黙って出てきちゃったから、三年経って親のもとへ帰りたいって言い出したんじゃないか」

「それならば、そなたは父君に話をしたら、また私のもとへ戻るつもりだったの？」

「う……うん」

　ふきのもとへ——と言っていいのかどうか、助松の心には躊躇いがある。それが、返事を少し遅らせた。そして、ふきはそんな助松の様子をじっと見つめていたが、不意に「嘘だわ」と巫女のように厳かな口ぶりで言った。

「そなたは嘘を吐いている。私の婿殿になるつもりなんて、本当はまったくないのよ」

「そ、そんなことないよ。その、婿殿とかって言われると、あまりしっくりこないけど、おいらはふきのこと……」

　続けて、どんな言葉を言おうとしたのか、自分でも分からなかった。なぜか口は動かなくなった。

　その時、ふきの顔色も変わっていた。それまでの助松を疑うような、咎めるような趣が薄れ、何かを期待するような色に染まってきている。同時に、白い霞が少しずつ薄れ始めていた。

「そなたは私のこと、どう思っていると言うの」

いつまでも口を動かさない助松に、ふきが焦れた様子で尋ねた。

どうしよう。何を言えば、嘘を吐かず、ふきを傷つけず、自分への疑いを解いてもらうことができるのか。どう言えば、村を出ていこうとしたことを、他の村人たちに黙っていてもらえるのだろう。ふきに味方になってもらうためには――。

「天地の……」

ええい、ままよと口を開いた時、助松は自分でも思ってもみなかった言葉を紡ぎ出していた。

天地の　神を祈りて　わが恋ふる　君いかならず　逢はざらめやも

ここへ来る前にしづ子から教えてもらった歌であった。昔の人は「神に祈る」ではなく「神を祈る」と言ったのだと説明された時のことだ。

多陽人が烏川で見つけた「布施置きて」の歌に「乞ひ禱む」という言葉があったため、そのついでに教えてもらったもので、聞いたのも一度だけ。助松自身、しっかり覚えようというつもりもなかった。「君に逢いたい、逢わせてください」という気持ちが強く出ている歌だとは思ったが、それだけだった。

しかし、どういうわけか、この歌は助松の頭に刻み込まれていた。さらに、今、ふきに対して口にするべき歌だと、頭の中でもう一人の自分が判断したかのようであった。

「……まあ」

と、ふきは驚きの声を上げた。その声にはそれまでにない華やぎがこもっていた。

「そなた、歌が作れたのね。すばらしい才だわ」

ふきの声はほとんどはしゃいでいると言ってもよいほどである。

「この村には、自分で歌を作れる人なんてめったにいない。私も自分で作ることなんてできないの。でも、男の人から歌を贈られてみたいと、ずっと願っていたのよ」

完全に助松が作ったものと誤解している。ふきの前で正直者でいたいなら、すぐに違うと言わなければならなかった。しかし、この時、もう一人の自分が頭の中で言う。

これは嘘ではない。ふきが勝手に誤解したのだ。ふきを味方に付けたいのなら、何も言わずにおけ、と——。

「ねえ、もう一度、歌ってちょうだい。私も覚えたいから」

ふきは助松の手を引き、もう一方の手を添えて、昨晩したみたいに、助松の手を両手で包み込むようにした。

助松は促されるまま、もう一度、歌を口ずさんだ。ふきは説明されないでも、歌の意味が分かるらしい。じっと目を閉じ、助松の声に聞き入っている。

ふきが自分に気を許したことで、心の余裕を取り戻した助松はふと、しづ子のように自分も節をつけて歌うことができたらいいのになと思った。そうしたら、もっとふきの心をしっかりとつかむことができるのに。

助松が口ずさむのを終えた時、気づけば、霞はもうほとんど消えていた。

ふきがゆっくりと目を開けた。助松の手を握り締めたまま、黒目がちの瞳をじっと助松に向け、

「分かったわ。そなたを信じてあげる」

と、言い出した。

「でもね、一人で出ていくなんていけないことよ。今みたいに霞が立って、道に迷ってしまうだけだから」

「この霞、村から出ていこうとする人がいると、今みたいに出てくるのか」

助松がどういう仕組みなのかと驚いて訊くと、そういうことではないとふきは答えた。

「この山は頻繁に霞や霧が出るの。昼間だから大丈夫なんてことはない。だから、そ

れに行き合わずに里へ下りるなんて無理なのよ。それに、お連れのお兄さまは村に残っているのではなくて？」

「そうだけど……」

「だったら、余計にいけないわ」

「それって、庄助さんがひどい目に遭(あ)わされるってことか」

助松は目を瞠(みは)って尋ねた。

「この村の誰かの婿になることを承知すれば、捕らわれたりはしないけれど、承知しなかったら、前に来たお客さまのようになってしまうわ」

「前に来たお客さまって？」

助松が前のめりになって問うと、ふきは一瞬沈黙したものの、もうそれ以上隠そうとはせず、

「そなたたちが捜していた人だと思うわ。ゆりさまが婿殿に据えようとなさったのだけれど、承知なさらなかったから、今は捕らわれていらっしゃるの」

と、落ち着いた声で教えてくれた。

「まさか、承知しないと命を奪われてしまうとか」

助松は多陽人の顔を思い浮かべながら、声を震わせて尋ねた。

「そういうことはしないわ。承知しなければずっと捕らわれているだけ」

　ふきはすらすらと答えてくれる。捕らわれた人は食べ物も与えられるし、ひどい目に遭わされることもないという。ただし、この村の外へは決して出さない。

「そういう日々が続くうち、たいていの人はこの村で生きていくことを承知するわ。今まで承知しなかった人なんて、一人もいなかったと聞いているもの」

「これまで、そういうふうにして、この村に来た人はたくさんいるの？」

「たくさんではないわ、少しだけ。うっかり迷い込んでしまった人もいるけれど、麓の暮らしが嫌になって、命を絶とうと山へ入ってきた人もいる。そういう人は救われたように、この村で暮らすのを承知するのよ」

　この村の仕組みの一部も、多陽人が捕らわれているらしいことも分かった。何とかして伊香保へ戻り、事の次第をしづ子たちに知らせなければならないことに変わりはないが、今行くわけにはいかない。

（まずは、葛木さまにお会いしなくちゃ）

村を出ていく算段は多陽人がつけてくれるだろう。

「ねえ、ふき」

　助松は空いている方の手を添え、今度は自分からふきの手を握り返した。

「おいらを信じてくれるなら、その人のところへ連れていってくれ。ゆりさんの婿になるのを承知しないで、閉じ込められているっていう人のところへ」

真剣な表情で頼み込む助松に、ふきは無言でうなずいた。

二

助松はふきに連れられて、当帰村への道を舞い戻った。その足で、ふきは村の西の方へと向かって進む。村の中はいくつかの集落にまとまって家々が建ち並んでいたが、やがて、それらがなくなると、薬草畑が広がっている場所に出た。それをさらに進むと、人の姿もなくなり、生垣らしきものが見えてきた。

「あの奥に一軒家があって、そなたの捜している方がいらっしゃるはずよ」

と、ふきは生垣から十間以上離れた場所で足を止めて言った。

「見張りとかがいるんだろう？」

助松が問うと、ふきはうなずいた。

「ええ。一人か二人ついているはず」

「その目を盗んで中へ入るのは、難しいかな」

「一人だったら、戸口から引き離すことはできるかもしれないわ」

「でも、錠がさしてあるんじゃないのか」

助松が尋ねると、錠とは何かとふきが首をかしげた。

「戸が開かないように鍵をかけるんだよ」

助松が言うと、そのようなものは見たことがないと言う。

「この村で、そんなものを使っている人はいないわ」

そもそも錠というものがこの村にはないらしいと知り、助松は納得した。泥棒に入られることもなければ、この村の誰かが余所の家に忍び込むこともないのだろう。

ふきは見張りが何人いるか見てきてあげると言い、助松をそこに残したまま、一人で先に行った。ややあって戻ってきたふきは、

「見張りは一人だったから、私が何とか引き離してあげる」

と、言い出した。

「どうやって」

助松が問うと、ふきは少しだけ待っていてほしいと言っただけで、その方法については明かさなかった。

「そなたは生垣まで近付いて、見張りの目につかないように身を潜めていて」

そして、見張りが家の前を離れたら、その隙に家の中へ入るようにと助松に言った。

「ふきは大丈夫なのか」

助松が心配になって問うと、ふきはにっこりと微笑み、大丈夫よと答える。

「そなたが私の願いを叶えてくれたから、私もそなたの願いを叶えてあげるの」

願いとは歌を贈ってもらうということを言っているのだろうか。そうだとしたら、本当の意味で、ふきの願いは叶っていない。

あれはおいらが作った歌じゃないんだ――思わず本当のことを口走ってしまいたい気持ちになったが、一瞬躊躇っている間に、ふきは一軒家とは反対側へ引き返していってしまった。

助松は胸に穴が開いたような心もとなさを味わいながら、ふきに言われた通り、生垣の方へ静かに進んだ。

確かに、生垣の向こうの一軒家の戸口には、三十歳くらいの男が一人、立っている。屈強な体つきで、槍のように長い木の棒を持っていた。

ふきは一体、どうやってあの男を戸口から引き離すつもりなのだろうと思っていたら、ややあって、ふきが慌てた様子でこちらへ駆けてくるのが見えた。

「大変です。誰か来て！」

と、叫んでいるので、思わず助松はその場所から立ち上がりそうになった。が、いち早く助松を見つけたふきが、大丈夫だというように目で合図をしてきたので、これが策略なのだと気づき、慌てて身を潜める。

「どうした、何があったんだ」

見張りの男が駆け出してきた。

「そこの薬草畑に、鶏が入り込んでいるんです。お代官さまにお納めする薬草が台無しにされてしまいます」

「何だって。そんなことになったら、名主さまがどんなにお困りになるか」

男は慌てて、そのままふきを追い越して駆けていった。ふきが助松の方に目をやり、「今のうちに早く」と合図を送る。助松は急いでうなずき返し、生垣の切れ目から中へ忍び込んだ。

後は見張りのいなくなった戸口から、錠もさしていない戸を難なく開けて、家の中へと入っていく。

戸を閉める前に、思わず後ろを振り返ったが、ふきはもう駆け去ってしまっていた。次にふきとゆっくり話せるのはいつになるだろう、そんな時は本当に訪れるのだろうかと、不安がよぎっていく。

だが、今は余計なことを考えている時ではないと思いを振り切り、助松は土間から中へ上がって廊下を進んだ。

「葛木さま……」

見当違いをしていたらと思うと、少し怖いが、廊下で小さく声をかけてみる。返事はない。

廊下の左右に部屋があって、戸の開いている部屋とそうでない部屋がある。右手の手前の部屋は、物置きか待合部屋という感じで、誰もいなかった。左側の部屋は戸が閉まっていたので、恐るおそる開けてみたが誰もいない。ここは六畳ほどあったが、物も置かれていなかった。助松は静かにその部屋の戸を閉めた。すると、その時、

「常世辺に住むべきものか永久の……」

どことなく滑稽な節回しの声が聞こえてきた。

「葛木さまっ」

助松は今度は大きな声を上げ、歌声のする方へと駆け出した。そこは二つほど奥の部屋で、戸が閉まっている。

「葛木さま、ご無事なんですね」

そう言いながら戸を開けると、

「ああ、助松はん」

と、のんびりした声がした。多陽人は奥の机に向かう格好で座っており、首だけ助松に向けている。その顔つきはふだんと少しも変わらず、余裕たっぷりの表情だった。

「葛木さま、心配したんですよ。五日後に戻ってくるとおっしゃったのに、戻ってこられなかったから」

助松は多陽人の前へ駆け寄り、その顔をまじまじと見据えて告げた。

「おかみさんもお嬢さんも、とても心配していらっしゃいます」

「私が助松はんに託したもんは、お嬢はんに見せてくれはったんやろ」

「はい。お嬢さんはすぐに『万葉集』の歌だと気づかれました。亡くなった子供が天の道をまっすぐ進めるよう神さまに祈った歌だって」

「せやせや。お嬢はんならちゃあんと読み取ってくれはると思いましたで」

「けど、あれだけじゃ何のことだか」

「助松はんには教えましたやろ。あれが、烏川を流れてきたもんやと」

「はい。だから、烏川を川上の方へとたどって、庄助さんとこの村まで来たんです」

助松がここに至った経緯と、どんなに苦労したかを説明すると、

「助松はんなら、そうしてくれはると信じてましたで」

と、多陽人はにこやかな笑みを浮かべて言った。そう言われると、何だか嬉しくなってしまい、これまでの苦労も報われた気になるのだが、もう一言言わせてもらいたい。

「この村に来てからだって、葛木さまのこと、見つけ出すのは大変だったんですよ」

助松はこの村の誰に訊いても、多陽人など来ていないと言われ、手がかりもつかめずにいたのだと訴えた。

「葛木さまなら閉じ込められる前に、何とかできたんじゃありませんか。あんなにお強くて、不思議な力だって使えるのに、どうしてあっさりつかまっちまったりしたん

です」

「ま、いろいろと事情があるのや」

と、多陽人はくわしいことは語らずにごまかし、

「せやけど、助松はんたちに気づいてもらおと思うて、時折、声を張り上げて歌うていましたのやで」

と、言った。

「庄助さん、昨日の夜、村中を探ってくれたんですけど、そんなことは言っていませんでした」

「ほな、運が悪かったんやな。私かて、年がら年中、歌うているわけやおへんし」

相変わらずのんきな調子で多陽人は言う。まあ仕方ないかと思いつつ、助松も最後は笑ってしまっていた。一通り、自分がここまで来た経緯を話し終えると、助松も落ち着き、

「ところで、葛木さまはゆりさんのお婿さんになるのを断って、ここに閉じ込められたんですよね」

と、表情を改めて、多陽人に尋ねた。

「ふうむ。まあ、表向きはそないなことでええんやと思いますけどな」

多陽人の物言いははっきりしない。

「表向きってどういうことですか」

助松が尋ねると、「せやなあ」と多陽人ははぐらかすように呟いた。

「まあ、ゆりお嬢はんの狙(ねら)いは、私を婿にすることでもなければ、私を閉じ込めて村から出さへんようにすることでもない、と言えばええんやろか」

「ゆりさんの狙いって何なんです。あの人、何を考えているのか分からなくて、ちょっと怖いんですけれど」

助松が言うと、多陽人はあははっと声を上げて笑い出した。

「助松はんはゆりお嬢はんが怖いんどすか」

「笑わないでください。それより、葛木さまはどうしてゆりさんの狙いを知っているんですか。それに、ゆりさんが閉じ込めたのでなければ、誰が葛木さまをここへ閉じ込めているんです」

「まあ、それはゆりお嬢はんで間違いのうおす。ここへ食べ物を運んでくれているのもゆりお嬢はんどすしな」

「あ、日が暮れてから、ゆりさんが風呂敷(ふろしき)包みを持って屋敷を出ていくのを見かけたんですが、あれは葛木さまのとこへ夕餉(ゆうげ)を運んでいたんですね。あの時、おいら、ゆりさんの後をつけようと思ったんだけど……」

そこで助松が口ごもると、

「そん時、助松はんをお婿はんにしたがっている娘はんから、声をかけられたんどすな」

多陽人は見透かしたように言う。ここへ入るのを助けてくれたふきのことは、すでに多陽人に話していた。

「お婿さんにしたいなんて言われていません。そうしてあげてもいいって言われただけで……」

「まあまあ」

多陽人はなおも笑っていた。

「上から物を言われたように思うたかもしれまへんけどな。それは無理もないことなのや」

「どういうことですか」

ふきの風変わりな物言いを思い返しながら、助松は尋ねた。たくさん言葉を重ねるにつれ、妙な気分も和らいではいたが、初めに「そなた」と呼びかけられた時は落ち着かなかったものである。

「それについてはな。私から聞くより、この村の人から聞いた方がええやろ」

多陽人は笑いを収めると、「もうそろそろ来はる頃や」と続けて言う。

「もしかして、ゆりさんですか」

助松が訊き返すと、まるで時を合わせたかのように、玄関の戸が開けられた。

「ゆりお嬢はん、すこうしお話ししたいことがあるさかい、こっちまで来てもらいとうおす」

多陽人がその場で声を張った。

「時折、見張りの人に弁当を渡して、帰ってしまうこともあるさかい」

と、多陽人は助松に説明する。多陽人の呼びかけに返事はなかったが、少しすると、廊下を渡る女人のものらしい足音が近付いてきた。

「おいら、このままここにいていいんですか」

早口で多陽人に尋ねると、多陽人が「ええ」と言うので、助松は動かなかった。やがて、戸が静かに開き、風呂敷包みを抱えたゆりが現れた。

ゆりは助松を見るなり、大きく目を瞠ったものの、声は上げなかった。

「外には内緒でお願いします」

多陽人が唇に指を当てて言い、ゆりは助松から多陽人に目を移すと、無言でうなずき返す。

「助松はんがこの村のこと知りたいと言うてはります」

ゆりが目の前に座るのを待って、多陽人は告げた。

ゆりは一度深呼吸すると、ゆっくりと助松に目を戻し、「すべてお話しいたしましょう」と静かな声で答えた。

三

「助松はん、隠れ里って知ってはるか」

ゆりが語り出す前に、多陽人は助松に尋ねた。

「ええと、聞いたことはあります。落ち武者などが世の中から隠れて、こっそりと暮らす村のことですよね」

「落ち武者に限ったことやおへんけど、世の中との交わりを絶って暮らしている村のことやな。平家(へいけ)の落人(おちうど)村などは、まだ知られてへんとこがあちこちにあるとも言われてます」

「この当帰村もそうなんですか」

助松が多陽人とゆりを交互に見ながら問うと、「その通りです」とゆりが答えた。ならば、この村の人々は元は武士だったことになる。ゆりもふきも、世が世なら武士の姫君だったのだろう。上から物を言うようなしゃべり方も、先祖の名残りということになり、それが多陽人の言う「無理もないこと」だったのかと、助松は納得した。

「私どもの先祖は長い間、世間との交わりを絶って暮らしてきたと言います。けれども、何百年と経つ間、まったく交わりがなかったわけではありません。外から入ってきて、村の者と夫婦になる人もおりましたから」

　と、ゆりは淡々とした物言いで言う。その表情は何を考えているか分からぬ謎めいたものではなく、悲壮な覚悟をした人のものであった。

「隠れ里いうても、今の世の中や。この辺りはもともと白井藩という藩の領地どした。せやけど、藩がお取り潰しに遭い、その後はお旗本の所領に分けられたんどす。そないなごたごたもあって、当帰村は気づかれんと済んでたんやな」

「ですが、父が名主となって間もなく、この辺りを取り締まる能勢という代官に見つかりました。とはいえ、私どもは何が何でも隠し通そうとしたわけではありませぬ。見つかった時は致し方なし、年貢を取り立てられるのもやむなし、と覚悟しておりました。そして、話し合いの末、私どもの村からは、当帰をはじめとする薬草類と漢方の薬を納めればよいことになったのでございます」

　当帰はもともとこの山に自生していたそうだが、それを改良して質のよいものにしたのは、ゆりの先祖たちだった。彼らは薬草を栽培し、それを使って漢方の薬を作る技と知識を、代々伝えてきたのだという。ただし、漢方の薬の作り方は、名主の家にだけ伝わる秘伝だったのだそうだ。

「この当帰村では、漢方の薬というても自分たちが使うてただけや。つまり、伊勢屋はんみたいにそれを売って、金に換えることはせえへんかったのやな。そもそも、この村に金を使う人はおへんさかい」

質のいい薬草を育てても、村人が服む量などたかがしれている。使わない薬草は枯れるに任せていたそうだが、能勢代官はそれを年貢として差し出せばよいと言った。それで済ませてくれるのならありがたいと、村人たちも初めは喜んでいたそうだ。

「けれども、そのうち取り立てが厳しくなってまいりました。もっともっと当帰を育てよ、漢方の薬も作れと申すのです。この村の当帰はたいそうな高値で買い手がつき、漢方の薬も評判がよかったとか。それで、能勢代官はもっともっとと……」

そうするうち、さすがに弥兵衛がおかしいと気づいた。弥兵衛の先祖は一軍を率いた武将であり、今の村人たちはその家臣らの子孫である。村人たちは今でも弥兵衛の一家を主君と見ており、弥兵衛の言葉には何でも従っていた。一方、弥兵衛の側には村人たちを守らなければならぬという使命がある。

弥兵衛が問いただした結果、能勢代官が当帰村の薬草類と漢方薬を勝手に売りさばき、利益を懐に収めていたことが発覚した。能勢は当帰村の存在を、領主の旗本には知らせていなかったのである。

それでは話が違うと、弥兵衛は食ってかかったのだが、この時、能勢が弥兵衛にささやいた。

ならば、このまま黙っておいてやる。

——この村のことを世間に隠しておきたいのだろう。ならば、このまま黙っておいてやる。

——村人たちには何も知らせず、薬草類を年貢として納めさせればよい。その代わり、それらを売って得た利益は我々だけで折半しよう。

「でも、名主さんはこの村の人ですから、お金なんていらないんじゃありませんか」

助松が疑問に思ったことを口にすると、「その通りや」と多陽人が満足そうにうなずいた。

「名主はんはお金なんていらへん。銭にしろ黄金の塊にしろ、そないなもんはこの村では使わへんさかいな」

「じゃあ、どうして——」

「父は黄金に取り憑かれてしまったのでございます」

ゆりが胸に溜め込んできたものを吐き出すような調子で言った。

「取り憑かれたって……」

助松は意味が分からず、すがるように多陽人を見る。

「つまりな、名主はんは黄金や銭のことを頭では知ってはったけど、実はよう分かってなかったのや。たとえば、助松はんかて薬草の名前は知ってても、自分が服んだことのないもんはありますやろ」

そう訊かれると、確かにその通りだと助松はうなずいた。当帰だって干した根を見ればそれと分かるし、その効き目も知っているが、自分で服んだことはない。

「分かっているつもりで、分かってへんことは誰にでも仰山あるもんや」

と、多陽人は言った。

「能勢代官はお金について父に説き聞かせ、渋る父を外へ連れ出しました。その時、能勢代官は父を館林まで連れていったらしいのです」

館林は当帰村からは少し遠いが同じ上野国で、城下町には人も多く、店もたくさん立ち並んでいる。そこで、能勢は弥兵衛に金の動きを見せた。金の力を目の当たりにした弥兵衛は、薬種問屋で薬草と漢方薬に思っていた以上の値打ちがあることを知った。その値打ちとは、何でも購うことのできる、数字で示された金の力であった。

「人は『ええ』とか『悪い』とか言いますけど、案外、その判断は適当なもんや。けど、『十のうち七の値打ちがある』と言われたら、それはもう『七』と頭に刻まれて不動のもんになる」

数字とはそういうものだと、多陽人は言った。弥兵衛はこの時、当帰村の薬草類にたいそうな値打ちがあることをすり込まれてしまった。

「その後の父は変わりました。お金になる薬草はなるたけ能勢代官に差し出すようになったのです。当帰はもちろん、漢方の薬を作る薬草の類もほとんどすべて」

村人たちが生薬として使うのまではとやかく言わなかったが、漢方の薬を与えることはなくなった。それらはすべて金に換えるようになったのだ。そして、生薬で治らなかった村人たちが助けを求めに来ても、病平癒(やまいへいゆ)の祈願と称するお札を渡すだけで済ませるようになった。

能勢と折半した金は弥兵衛のもとにあるという。無論、村での生活にそれは必要ない。だが、いざという時、その金が当帰村の人々を守ることになると、弥兵衛は信じていた。病にかかった村人が漢方の薬によって少しばかり快復が早まることと、薬を金に換えていざという時に備えること――両者を秤(はかり)にかけた時、後者の方がずっと重大だと、弥兵衛は強く思い込んでしまったのだ。

「その考えがまったくの過ちというわけやおへん。お金は確かに力を持ってますさかいな。せやけど、来るかどうかも分からへんいざという時のために、村の人らが漢方の薬を分けてもらえへんのは……」

「明らかに間違っております」

ゆりは凛(りん)とした表情で告げた。

「それで、益次郎さんのお子さんに、薬じゃなくて、お札を渡していたんですね」

「お札自体は遠い昔から、この村で行われてきた風習です。ですが、父は能勢代官に操られるようになってから、お札だけで十分効果があるから、漢方の薬はいらぬと言うようになりました」

弥兵衛に意見する者がいなかったのは、村人たちにとって弥兵衛が主君に等しい立場だったからだ。ゆりは父の考え違いを正したそうだが、弥兵衛は聞く耳を持たなかったという。

「自分は正しいと思うてはる人に、過ちを悟らせるのは容易なことやおへん。悪いことをしている自覚のある能勢とは違(ちご)うてな」

そして、思い余ったゆりは一計を案じた。

「私は助けてほしいという願いをこめた歌を書き、それを竹筒に入れて、烏川に流しました。川下の誰かが拾って、この村があることに気づいてほしいと思って……」

竹筒ばかりでなく、箸(はし)や器など人が使うものを流し、ついには小粒の金まで流したという。

だが、ここしばらく、能勢代官以外の者が当帰村までやって来ることはなかった。霞や霧が立って道に迷うような山に、危険を冒して入ろうとする者はなかなかいないのだろうと、ゆりは溜息(ためいき)混じりに呟く。

「ですが」

と、多陽人に目を向けて、ゆりは声に力をこめた。

「葛木殿が助けを求める私の声に気づき、この村へ来てくださいました」

「葛木さまはふつうの人にはないお力をお持ちですからね」

助松は誇らしげな口ぶりで言い、目を輝かせて多陽人を見つめた。

「伊勢屋はんを巻き込むことになってしまい、済まんかったと思うてます。けど、竹筒の中を見てしまった以上、なかったことにもできひんかったさかい」

謝罪の言葉を口にしながらも、多陽人の口調は相変わらずのんびりしたものであった。

「それに、私の占いでは、今度のことは伊勢屋はんにとっても吉になると出ましたのでな」

「えっ、それはどういうことですか」

多陽人の独り言を聞きとがめた助松がそう尋ねても、「いやいや、大したことやおへん」とごまかされてしまった。

「でも、今のお話からすれば、葛木さまはゆりさんのために動いてたんですよね。それなのに、どうしてこんなところに閉じ込められていたんですか」

「正しくは、ゆりお嬢はんは私の依頼主になったのや。せやけど、それは他の人らには内緒のことやさかいな」

「つまり、他の村人たちの目を欺(あざむ)くため、葛木さまを閉じ込めるふりをしていたってことですか」

ゆりは多陽人に申し訳なさそうな眼差しを注いだ後、助松を見てうなずいた。

「この村では、外から来た人を村へ留めるため、連れ合いとなる者を選んで宛がうのです。助松殿にはふきがそうであったように」

「あっ……」

「私は自ら葛木殿の連れ合いになると申し出ました。そうなれば二人だけで話をする機会も作れますから。そのうち私の悩みも聞いていただき、葛木殿のお仕事のありようも聞き、依頼をすることにしたのです」

「礼金を払うてくれはるなら、私は依頼を受けますさかいな」

多陽人の澄ました物言いに、ゆりは苦笑を浮かべた。

「私は黄金も銭も持ってはおりませんが、事が解決したら、必ず礼金を工面してお支払いいたします」

「でも、ゆりさんの願いって、この村の人たちが病にかかった時、漢方の薬を服めるようにすることですよね。それって、名主さんに考えを改めてもらうしかないんじゃありませんか」

助松の言葉に、ゆりは悲しげな表情を浮かべた。

「さっきも言うたように、正しいと信じてはる人の気持ちは容易う変えられへん。せやさかい、今回はもっと強引な策を用いることにしたのや」

と、多陽人が言う。

「強引な策って……」

「この村のことを、ご公儀に知らせてしまうのや」

多陽人はあっさり告げた。

「この村はご公儀の支配を正しく受けるようになる。薬草にせよ漢方の薬にせよ、取り引きは適正に行われるようになる。そうなれば、年貢を納める代わり、能勢のような悪代官からはお上が守ってくれますやろ。名主はんがいざという時のため、金を溜め込む必要もなくなるというわけや」

この多陽人の考え出した策に、ゆりも同意した。それならば、多陽人がこの村を脱け出して、役人に知らせればよいのだが、その際、ゆりは多陽人が依頼人を裏切らない証(あかし)を望んだという。

「初めての依頼やさかい、当たり前の申し出や。それに、私が村を脱け出した後、ゆりお嬢はんが村の人から疑われるかもしれへんやろ。それはお気の毒やさかい、策を講じることにしました」

それが、助松たちにこの村へ来てもらう計画だったという。

「でも、おいらたちがここへたどり着けるかどうかなんて、賭(か)けみたいなもんでしょうに」

「いいや。万一に備えて、ちゃあんと手がかりは残しておきましたさかいな。助松はんたちなら、この村に来てくれると信じてました」

と、多陽人は確かな口ぶりで言った。

「ほんまは折を見て、ゆりお嬢はんがここへ連れてきてくれる手はずやったのや。ま、それより先に、助松はんが私を見つけてくれはることも、考えの内には入ってましたけどな」

信頼のこもった多陽人の言葉は、助松をいい気分にさせてくれる。

「なら、おいらたちが人質としてここに残っている間に、葛木さまがお役人に知らせに行くんですね」

自分たちが求められている役割を察して、助松が言うと、「違う、違う」と多陽人が手を振った。

「逆や。私がここに残ってますさかい、助松はんに外へ出向いてもらいます」

「え、おいらがですか。おいらの言葉じゃ、お役人が信じてくれないんじゃないかな」

助松が懸念を口にすると、

「お役人に口で知らせるんやのうて、私の書状を飛脚問屋に届けるだけや」

と、多陽人は言った。

「葛木さまは誰に書状を書くんですか」

「田沼さまや」

という多陽人の返事に、「あ」と助松は驚きの声を放つ。将軍に仕える田沼主殿頭意次は、小姓組番頭の職にあり、かつてとある一件で、多陽人に依頼したこともある人物であった。将軍の信頼厚い御側御用取次の大岡主膳にも口利きできる立場にあり、この当帰村の一件を知らせたならば、万事解決してくれるに違いない。

「田沼さまご本人が上野まで来ることは無理やろけど、ご使者を派遣するくらいはしてくれますやろ。書状にはそうしたためておきますさかい、助松はんはそのご使者が来るのを待ち、その方をここへお連れしてくれればええ。後はすべて、ご公儀の差配にお任せいたしまひょ」

多陽人がゆりから依頼された仕事はここまで。それを見届けた時点で、多陽人は礼金を受け取り、解放される。

「その能勢っていう悪代官は、処罰されるんですよね」

助松が問うと、その件はゆりの依頼には入っていないと、多陽人は答えた。

「けど、田沼さまにはお伝えしておきます。能勢はお旗本の代官やさかい、まあ、そちらとの話し合いになりますやろな。表向きは、私がこの村を発見して田沼さまにご報告したという形になると思います」

能勢の罪を問うことになれば、弥兵衛もまた、何らかの罪をかぶることになるかもしれない。それは、ゆりにとっても、他の村人たちにとっても、胸の痛む結果となる。その思いを汲んで始末をつけようという多陽人の意を察し、助松もそれ以上の問いかけは慎んだ。

「分かりました。おいらは葛木さまの書状をちゃんと飛脚問屋へ届けて、田沼さまのご使者をここへお連れします」

助松ははきはきと言った。

「その間に、伊香保のおかみはんとお嬢はんへも、私が無事だと伝えておくれやす。それから、庄助はんのことも心配せんかてええ。ゆりお嬢はんが守ってくれはるさかいな」

多陽人の言葉を受け、助松がゆりへ目を向けると、

「庄助殿のことはご心配なく。真相も折を見てお伝えしておきますゆえ」

ゆりが丁寧な口ぶりで請け合った。

「それよりも、助松殿のことが心配です。この山は人を惑わせる霞が立ちますし、私が川までお連れできればよいのですが、村人の目に触れずということになると、夜のことになってしまいます。夜に山を下っていただくのは、やはり……」

ゆりは途方に暮れた様子で呟いた。

「あ、それなら」

と、助松はよいことを思いついて、大声を上げた。多陽人の方を見ると、うっすら笑っている。

「あのこと、ゆりさんに話していないんですか」

助松が尋ねると、多陽人は「話す機会もおへんかったしな」と言う。

ゆりが何のことかという顔つきで、多陽人と助松の顔を見つめている。

「おいらの姿は人の目に見えなくなるんです」

助松は得意になって告げた。

「どういうことですの」

「葛木さまがそういう術をかけてくださるんです」

「まあ、そのようなことが」

ゆりは驚きの声を上げた。しかし、まだ本気で信じてはいないだろうと、助松はゆりの内心を想像する。

本当にあの術の効果を確かめた時の驚きは、今の比ではないだろう。その時のゆりの反応を思うと、助松は何となく楽しくもなり、多陽人のことが誇らしくもなる。

それから、多陽人がすでに用意していた書状を受け取った助松は、ゆりと一緒に堂々とこの一軒家を出ていくことになった。

「本当に大丈夫なのですか。見張りが立っておりますのに」

「大事のうおす」

多陽人は自信にあふれた声で言った。続けて、助松に向き直ると、印を結ぶようにと告げる。助松は左手を拳にし、右手をその下から支え持つ格好をした。

「ほな、隠形の術をかけますで」

多陽人の合図がかかる。助松は唾を呑み込んでうなずいた。

「常に日、前を行き、日、彼を見ず。人のよく見る無く、人のよく知る無く、人のよくとらえる無し。オン、アニチヤ、マリシエイソワカ」

人差し指と中指を立て、残りの指を軽く握った右手を前に、多陽人が呪文を唱える。

しばらくの間、沈黙が落ちた。

「いったい、何が起きたのですか」

ゆりが困惑した表情を多陽人と助松に向けている。

「これで、術がかかりました。助松はんの姿は人には見えまへん」

「あのう。私にはしっかり見えておりますが」

「初めから、助松はんがここにおると知っている人には見えますのや。けど、他の人には見えまへん。安心して助松はんを外へ連れ出し、鳥川まで連れていっておくれやす」

多陽人はゆりに言った後、助松に目を向けると、

「助松はんは村を出るまでは、口を利くのも印を解くのもあきまへん。村を出るまでの辛抱や」

と、告げた。助松は無言のまま、首だけを大きく縦に振る。

「ゆりお嬢はんも村を出るまでは、助松はんの方を見たり、体に触ったり、話しかけたりしてはあきまへん。そないなことをしたらすぐ、他の人にも助松はんのことが見えてしまいますさかいな」

「わ、分かりました」

ゆりは気圧（けお）されたようにうなずき返す。

それから、ゆりの後に続く形で、助松は多陽人が捕らわれている家を出た。家の前には、先ほどふきが外へおびき出してくれた見張り役の男が一人立っている。

「お嬢さま、お帰りでございますか」

見張りの男はゆりに丁寧に頭を下げた。

「はい。後のことはよろしく頼みます。夕方過ぎに、また参りますので」

「はい。お任せください」

見張り役の男はゆりにだけ目を向けて語り、その後ろに続く助松には見向きもしない。まったく見えていないことが、これでゆりにも分かっただろう。が、ゆりはさす

がに驚きを見せたりすることはなく、そのまま道を歩き出した。助松も黙ってその後に続く。

ふきは家の前にはおらず、どうしたのかなと思っていたら、途中の畑のところで、鶏を抱えて立っていた。

「ゆりさま、お帰りでございますか。ご苦労さまでございます」

「まだ帰っていなかったのですね」

ゆりがふきの挨拶に言葉を返す。ふきがそこに立っていたのは、助松を案じてのことだと、ゆりも感づいたかもしれないが、それを言うわけにはいかない。

助松も自分は無事だと告げたかった。今からゆりの助けを借りて、村を出ていけることになったと教えてやりたいし、助けてくれた礼も言いたい。だが、今は許されないことであった。

「あまり遅くならないうちにお帰りなさい」

ゆりはふきに優しく告げて、再び歩き出した。ふきは頭を下げてゆりを見送ったが、助松の方には一度も目を向けなかった。心をふきに残しつつも、助松もゆりに続くしかない。

道中、ゆりは何度か村人たちに行き合い、その度に丁寧な挨拶をされていたが、助松に気づく者はいなかった。そして、ついに助松がふきと出会った集落の空き地へやって来た。先ほど一人で出ていった外への道を、今度はゆりの後に続いて進む。しばらくは念のため、二人とも口を利かなかった。

そのうち、白い霞が足もとを漂い始めた。その時になってはじめて、

「大丈夫です。私は霞が出ても、ちゃんと烏川まで行き着けますから、ご安心なさい」

と、ゆりが助松にしゃべりかけた。

「ありがとうございます」

と、助松もようやく印を解いて、返事をする。

「本当に、誰もそなたの姿に気づかなかった。葛木殿の術とはすばらしいものなのですね」

「隠形の術は、その場にいても、相手が見ようという気を起こさなくなる術だと聞きました」

「初めは私も半信半疑でしたが、今では疑いようもありません。あの葛木殿の立てた策であれば、必ず成功すると信じております」

ゆりは揺るぎのない口ぶりで言った。

「はい。おいらは葛木さまが依頼人さんのために働くのを見てきましたけど、失敗したことなんて一度もありませんでした。だから、絶対に大丈夫です」

助松の力強い言葉に、ゆりは振り返ると、ふふっと微笑んだ。

「そなたが葛木殿を心の底から信じていることがよう分かります。私も……信じることにいたします」

ゆりは言い、再び歩き出した。足もとはもう白い霞に埋まっているというのに、ゆりの道案内に迷いはまったく見られない。

そうするうち、せせらぎの音を助松はとらえた。歩むにつれ、川の水音は次第に大きくなり、やがて二人は無事に川のほとりにたどり着いた。その頃には霞も晴れ始めている。

「この川沿いにまっすぐ下っていけば、里へ下りられるはずです」

「ゆりさん、ありがとうございました」

助松はぴょこんと頭を下げた。

「くれぐれもお気をつけて。葛木殿と庄助殿のことはご案じなく」

「おいらも絶対にここへ戻ってきます。その、それでもし機会があったらでいいんですけど、ふきさんに……その、おいらのことは心配しないでいいって、伝えておいてください」

助松の必死の頼みに、ゆりは微笑みながらうなずいた。

「機会を見つけて、伝えておくようにしましょう。あの娘は賢いですから、多くを語らないでも、おおよその事情を察してくれると思います」

事がすっかり解決するまでは、ふきにも語れないことはたくさんある。でも、自分が戻ってきた時には、自分の口からふきにしっかり礼を言おう。

助松はそのことを心に刻み、川下への道を一歩ずつ進み始めた。

第八首　たびころも

一

庄助と助松が再び伊香保を去った三月二十二日から、四日目となる二十五日のこと。五日のうちには戻ってくるという約束だから、今日を入れてあと二日である。

しかし、この待つ日々がしづ子にはとてつもなく長く、苦しいものであった。多陽人が伊香保を去ってからは十日ほどにもなる。

（葛木さま、今頃、どうしていらっしゃるのか）

多陽人の強さを知らぬわけではない。どんなことがその身に降りかかろうとも、自分の身は自分で守ることのできる男だ。そのことは分かっていても、しづ子はその身を案じないわけにはいかなかった。

時折、手に取り出してみるのは、紙と紙の間に挟み込み、大切にしまい続けてきた一枚の紅葉。それは、葛飾の真間へ出かけた時の思い出の品だ。

枝についている時は病葉だったそれが、多陽人の術によって、病のない美しい紅葉になった。目くらましかと思い、もしや時が経つにつれ、もとの病葉に戻ってしまうのではないかと恐れていたが、そういうことはなかった。そして、不思議なことに、その紅葉はまったく色あせることがなかった。あれからもう半年近く経つというのに、鮮やかな紅色を保っているのだ。

「玉に貫き　消たず賜らむ　秋萩の　末わわらはに　置ける白露」

あの時、多陽人がまるで呪文のように口ずさんだ和歌は、もう何度胸によみがえらせたか分からない。すっかり覚えてしまった。

この歌は、相聞の歌。詠み手である湯原王が娘子に贈った歌とされている。「わわらはに置ける白露」が「破れほつれた葉についた白露」なのか、「枝が撓むほど一面に宿った白露」なのか、「とりわけ美しく宿った白露」なのかは分からない。どの意味でも恋の歌にはなるのだが、本当はどれだったのだろう。

この紅葉をもらった直後はすっかり舞い上がってしまい、歌の細かい解釈などどうでもいいと思っていたが、今は多陽人がどの解釈をよしとしていたのか、そのことが気になっている。

歌の本意は「白露を玉のように糸でつなぎ合わせ、肌身離さぬように、愛しい娘を手もとに置いて慈しもう」といったもので、どれを採ってもそこは変わらないだろう。

ただ、「破れほつれた葉」なら、湯原王は悲しく侘しいものに目を向ける人物と想像される。その場合は、病葉にも美しい白露が宿ることはあるという、人の世の悲しみと喜びを共に歌い上げたと考えられるのではないか。

一方、「撓むほど一面に」「とりわけ」という意味で取るのなら、この歌は美しいものをより豊かに、あるいはより際立たせて詠み上げたものとなる。湯原王が娘子をいかに深く想(おも)っていたか、また彼女をいかに汚れのない清らかな娘と見ていたか、ということが分かる解釈だ。

現実の湯原王がどういうつもりで詠んだのかはもう分からない。だが、

(葛木さまは……)

おそらく後者二つの解釈は採らないだろうと、しづ子は思った。

多陽人は美しいものしか見ない人ではないという気がする。この世の中の悲しいことや醜いこと、悲惨なことを見て、それに溺(おぼ)れず、いたずらに嘆かず、生きてきた人なのではないか。

(私は葛木さまの過去のことなんて、何一つ知らないというのに……)

それでも、自分のこの考えは間違っていないだろうと確信が持てる。

多陽人のあの物事に動じない、飄々(ひょうひょう)とした様子はそういう世の中を見てきたからであろう。多陽人のどこか人を食ったような言動に、自分が反撥(はんぱつ)を覚えてしまうのも、本当は多陽人に腹が立ったのではなかった。自分が何も知らない、人の世の苦労をほとんど知らないお嬢さんであることを、容赦なく突きつけられるような気がしたからだ。多陽人自身にそういう気持ちはなかったかもしれないが、自分はそう受け取って

しまっていた。

（あの方から、対等に物を語る値打ちもない小娘だと、思われたくなくて……）

本当は分かっている。自分には、多陽人の隣に立つような値打ちなどない。

（それでも、あの方と並び立ちたいと願ってしまった……）

我知らず、重い吐息が漏れてしまう。

しづ子は紅葉を再び紙の中に挟み込み、さらにその紙ごと、旅先にまで持ってきた冊子本の中に挟んだ。旅先まで持ってきたのは、東歌を載せた『万葉集』の巻十四と、賀茂真淵から勧められた『更級日記』だ。

それらを目にした途端、出立前に真淵から旅の心得について教えを受けた時のことが思い出された。

（助松と二人で、先生のお宅へ伺い、「草枕」と「旅衣」のことを話したのだったわ）

千蔭を含む三人がそれぞれ「草枕」の歌を挙げ、別に「旅衣」を詠んだ歌として、真淵は『御伽草子』の歌を引き合いに出した。助松は「浦島太郎」に出てくる歌と知って喜んでいたが、『万葉集』にも「旅衣」を詠んだ歌がある。

旅衣　八重着重ねて　寝ぬれども　なほ肌寒し　妹にしあらねば

旅の衣を何枚も重ねて寝ようとも、それでも肌寒い。愛しいそなたの温かい柔肌ではないからね。

(賀茂先生が助松に聞かせなかったわけだわ)

愛しい娘と一緒に寝ることができないから、旅先の夜は肌寒いという、大胆な詠みぶりである。

旅衣と愛しい娘を対に並べて比べるなんて。昔の人は本当に率直に、恥じらいなどものともせず、歌を詠んだのだと、しづ子は心を揺さぶられた。

この大胆さをほんの少しでも分けてもらうことができたなら、自分も思いの丈をもっと素直に言い表すことができるのだろうか。

そんな気持ちから、しづ子は矢立てと紙を取り出すと、この歌をしたためた。ただし、途中でふと思い立ち、「妹」という言葉を「背」に替えてみる。

男から愛しい女を呼ぶ「妹」ではなく、女から愛しい男に呼びかける「背」。『万葉集』では「我が背」とか「背子」などと詠まれている。「我が夫」と書くこともある。

(愛しき……我が背)

筆を手にしたまま、想いにふけり続けていたしづ子は、「お嬢さん」と突然、おせいから大きな声で呼びかけられ、思わず筆を取り落としそうになった。その直後、「なほ肌寒し背にしあらねば」などという言葉を、おせいに見られるわけにはいかないと、大慌てでまだ乾き切っていない紙を裏返しにする。

「な、なあに。おせいったら、大声を出して」

しづ子は動揺を隠すのに必死だったが、おせいの方も昂奮しており、何も感づかなかったようだ。

「大変ですよ、お嬢さん。助松が帰ってきたんです」

「何ですって」

しづ子が声を上げた時には、少し離れたところで荷の片付けをしていた八重も腰を浮かしていた。ほどなくして、おせいの後ろから助松が「失礼します」と現れた。

「ああ、助松。よくぞ無事で」

しづ子は助松のもとへ駆け寄り、声を震わせた。

「本当に、無事に戻れてよかったこと」

八重もおせいも助松を取り囲み、安堵の声を漏らす。

皆が少し落ち着きを取り戻したところで、八重が慎重な面持ちで助松に尋ねた。

「一人なのですね」

「はい」

助松が途端に緊張した表情になって答える。

「ですが、葛木さまも庄助さんも無事ですので、ご安心ください。ただ、そのことについて、くわしくお話ししたいことがあります」

助松は言った。

「分かりました。ゆっくり聞きましょう」

八重が覚悟を決めた様子で言い、その前に水をもらってくるようにと、おせいを促した。腹が空いていないかと助松に尋ねると、大丈夫だというので、買ってあった饅頭の包みを開いて差し出してやる。

おせいが水をもらって戻ってくるのを待ち、皆で助松の話を聞くことになった。

「葛木さまは、庄助さんとおいらで訪ねていった烏川の川上にある村にいらっしゃいました。今は庄助さんもそこにおられます」

まずそう告げた後、助松はその村が当帰村ということ、どうやって庄助とその村にたどり着いたのか、そこでどういうことがあったのか、順を追って話していった。当帰村の女たちからの不思議な申し出、多陽人との再会を果たした経緯、そこで多陽人から頼まれた内容、そして助松が何とか当帰村を脱け出してからのこと。

助松は烏川を川下へと進み、無事に藤ノ木の渡しに到着したという。それが昨日の夕方のことで、すぐに渡し場近くの飛脚問屋へ多陽人から託された書状を届け、昨晩はそこの宿場で泊まった。今朝、宿を出てからは、街道をひたすら伊香保へ向かって歩いてきたというところで、助松の話は終わる。

「ならば、この先、この伊香保の玉屋まで、田沼さまのご使者が来てくださるのを待ち、助松がそのお方を当帰村とやらへお連れするということになるのですね」

八重の言葉に、「そうです」と助松はうなずいた。

「でも、当帰村へは、烏川沿いの道から行き着くのが難しいのでしょう？　行きはたまたまたどり着けたのであって、帰りはゆりさんというお方の助けを借りたのですよね。助松は田沼さまのご使者を当帰村までちゃんとご案内できるのですか」

しづ子が尋ねると、「その点についてはおいらもはっきりとは分からないんですけど」と助松は少し自信のなさそうな声で言う。

「おいらが戻る時までには手を打っておくと、葛木さまがおっしゃっていました。目印のようなものをつけておいてくれると思うんですけど」

「でも、葛木さまは表向き、捕らわれの身となっているのですよね」

「そこは、葛木さまのことですから、何とかしてくださると思うんですが。ゆりさんは村から烏川までの行き来ができるわけですし」

それは、多陽人の意を受けて、ゆりという女人が手伝いをするということだろうか。そう考えると、しづ子は妙に落ち着かない気持ちに駆られた。

「助松」

しづ子は表情を改め、名を呼んだ。

「そなたが当帰村へ戻る時には、私も一緒に連れていってください」

「しづ子」

と、八重が厳しい声を上げ、

「いけません、お嬢さん。危ないですよ」

と、おせいがたしなめる。

「今度は、田沼さまのご使者がご一緒なのですよ。どうして危ないことがあるのですか」

しづ子は何があっても退かぬ心構えで言った。

「それに、行き先もきちんと分かっています。少々分かりにくい場所だということを除けば、助松も怪我一つせず行き来できる場所ではありませんか」

「でも……」

助松が何か言いかけたが、しづ子はそれ以上は言わせず、さらに押しかぶせるようにして続けた。

「庄助も助松も伊勢屋の奉公人。葛木さまはうちの店の人ではありませんが、今は私どもの依頼を請け負っているお方です。伊勢屋として皆を守り、ご公儀のご使者をお助けしなければなりません。だから、私が参ると言うのです。心配ならば、おせいも付いてくれればいいでしょう」

そう言って、おせいの口を封じた後、

「母さま」

と、しづ子は八重の方に体ごと向き直り、頭を下げた。

「どうか、私を当帰村へ行かせてください」

八重は深々と溜息を吐くと、

「田沼さまのご使者のお方がよいとおっしゃれば、ですよ」

と、仕方なさそうに言う。

「ありがとうございます、母さま」

しづ子は明るい声を上げた。

二

助松が当帰村を出ていってから三日目のこと。

助松の不在は弥兵衛を含む村人たちには気づかれていない。助松は具合を悪くして弥兵衛の屋敷で寝込んでいることになっており、庄助もそのまま屋敷に泊まり続けている。部屋にはゆりが何度か出入りしていたから、誰も疑うことはなかった。

一方、多陽人は生垣のある一軒家で、相変わらず捕らわれの暮らしを続けていた。

食べ物は毎日ゆりが運び、必要に応じて、謀の状況を確かめ合っている。

「助松はんがご使者を連れて戻ってくるのは、早うて三日目やろな」

その日には、烏川から村へ至るまでの道に、とあるものを撒いておくようにと、多陽人はゆりに告げた。多陽人が少しばかり呪術をかけたそれは、助松が迷わず村へ行き着ける力を発揮するという。

「その日に来なければ、翌日また同じようにしとくれやす」

と、多陽人は言い、ゆりは承知した。

三日目に助松と使者が来ることはなかったので、四日目も同じことが行われた。

その日のことである。

昼九つにはまだ間があると思われる頃、多陽人は法螺貝のようなものが鳴るのを聞いた。村の中で鳴らしているというより、村から少し離れた辺りで鳴らされているようだ。

これまで法螺貝の音など耳にしたことはなく、ゆりからもそれについて聞いたことはなかった。ただ、妙な予感を覚えた多陽人は、不意に立ち上がると、見張りの立つ玄関口へと向かった。

「ちょっとよろしおすか」

多陽人は戸口を内側から数回叩き、柔らかな声をかけた。

「何ですか」

すぐに応じた見張りが、外側から戸を開ける。これまでにないことだったため、見張りの声に多少の警戒心は混じっていたが、もともと多陽人の扱いは丁重なものであった。今は承知していなくとも、いずれはゆりの夫になる人だと考えられていたためである。

「あの法螺貝の音は何どすやろ」

多陽人が訊くと、見張りの男は「ああ」とすぐに納得した。

「あれは、外からこの村に客人が来たという合図ですな」

「ほほう。それは、私らみたいに迷い込んだ客人やのうて、元からこの村に行き来してるお方どすな。能勢というお代官さまどすか」

多陽人がその事情を知っているのはゆりから聞いたからだろうと納得したらしい見張りは、特に隠し立てする様子もなくうなずいた。

「その通りです。川沿いに山を登ってくることは、あの方にもできるんですが、霞や霧が立つとやはり迷ってしまいますからね。ああして法螺貝を吹き鳴らし、村人たちの迎えを待っているのですよ」

「ははあ、なるほど。そないな仕組みになっているんどすか」

多陽人はそう呟いた後、少し考え込む様子で沈黙した。

「何か」

気がかりそうに尋ねる見張りに、多陽人はにこやかに微笑みかけると、

「いいや、何でもおへん。ほな、私は戻りますさかい」

と、言い置き、再び家の中へ入った。

いつものように静かになったこの一軒家が、急に騒がしくなったのはそれから半刻も経った頃だろうか。

「お待ちください」

見張り役の男の慌ただしい声に、「お黙りなさい」という凜とした女の声が押しかぶされる。女の声はゆりのものであった。

「葛木殿」

ゆりは家の中へ駆け込んでくるなり、多陽人を呼んだ。

「何どすやろ」

多陽人は落ち着いた声で返事をしながら、姿を現した。

「すぐに私と一緒に来てください。能勢代官が困ったことを言い出して……」

「その前に、庄助はんはどないなりました」

多陽人の物言いはいつもと変わらず柔らかいのに、その時の声には有無を言わせぬ強さが備わっていた。ゆりは気圧されたような表情を浮かべつつ、

「ここへ来る前に、外へ逃げて姿を隠しているよう伝えてまいりました。その後のことは……」

と、答えてから目を伏せた。その様子からすると、もしかしたらもう庄助が村人の手に捕らわれたと、ゆりは考えているのかもしれない。

「葛木殿まで捕らわれてはなりません。とにかく逃げて。今すぐここから……」

ゆりが必死に乞う。多陽人は部屋からでて玄関口へ向かった。しかし、そこには見張り役の男が立ちふさがっている。

「そこをおどきなさい」

ゆりが見張り役に告げた。

「どういうことでございますか、ゆりさま。この方を逃がすとは合点がいきませぬ。この方はこの村でゆりさまの夫となって暮らしていくお方でしょうに」

そう言った見張り役は、そこではっとした表情になり、

「もしや、ゆりさま。この方と一緒に逃げるおつもりなのですか。この村と私どもを捨てて……」

と、言い出した。

「何を申すのです。私はこの村を捨てたりなどいたしませぬ」

ゆりがむきになって言い返す。

「とにかく深いわけがあるのです。私はこの方を逃がして差し上げなければなりません」

「しかし、名主さまのお許しもなく……」

見張り役の男はなおも躊躇った。押し問答をしているうちにも時は過ぎていく。

「ここは、ゆりお嬢はんをお信じになったらいかがどすか。お嬢はんはほんまに、この村のことを考えてはるお人や。村の方々を裏切るような真似などせえへんことは、よう分かってますやろ」

多陽人が二人の間に割って入り、のんびりと仲裁する。

「それは、まあ、その通りですが……」

見張りの男が妙な具合に納得しかけたところで、「さあ、お早く」とゆりが多陽人の袖を引いて、外へ飛び出した。

生垣の切れ目を抜けて外へ出ると、目の前に延びる一本道ではなく、生垣伝いに家の裏手の方へと回る。

「こっちに道があるんどすか」

多陽人がゆりに付いて進みながら、緊張の欠片もない声で訊いた。

「道はありませんが、このまま村の外へ出ましょう。林の中でしばらく身を潜めていてください」

ゆりの方はきびきびと言葉を返す。しかし、多陽人を先導していたその足が、突然止まった。

「おや」

多陽人の口から、いささかわざとらしい不審げな声が漏れる。

「これはこれは、ゆり殿」

脚絆を着け、二刀を差した男が薄笑いを浮かべながら、ゆりの名を呼んだ。

「聞きましたぞ。そなたが婿にしてもよいという男が、村に現れたと。いやいや、実のところ、そなたに釣り合う男なぞ、村の内にも外にもいまい。貰い手のないそなたを、いずれはこの私が貰い受けてもよいと思うていたものを。まあ、私はこの村で暮らすことはできぬがな」

「私はこの村を出ることはありませぬ」

ゆりは強張った顔で言い返した。

「ま、それはそなたが決めることではない」

勝手なことを言った男は、ゆりから多陽人へ目を移し、

「して、おぬしがゆり殿の選んだ男か」

と、見下した眼差しで言った。

「あなたさまはお代官の能勢さまどすな」

多陽人は動じることなく訊いた。

「おぬしごときに答える筋合いはない」

と、答えた能勢の傍らには、弥兵衛がいる。

「ゆり、こちらへ来なさい。そなたがよからぬ画策をしたというので、能勢さまはお怒りだ。しかし、その男を引き渡せばお許しくださるという。すでに、我が屋敷に逗留(とうりゅう)していた庄助という男は捕らえてある」

弥兵衛は厳しい声で娘に告げた。しかし、その声には困惑の色も含まれている。

「私がどんな画策をしたとおっしゃるのです」

ゆりは能勢に挑むような調子で訊いた。

「くわしいことはこれから聞こう。いずれにしても、この村へ至る道筋に、貴重な当帰の葉が撒かれていた。それも、今まで嗅(か)いだこともないほど強い芳香がするものだ。あれほどよい薬草を無駄にするとは許しがたい」

と、能勢が言う。続けて、弥兵衛が口を開いた。

「あの当帰が我が家のものであることはすでに確かめた。ゆり、お前以外にそんなことのできる者はいない。そして、客人たちの部屋をのぞいてみれば、すでに逃げた後。大人の方はつかまえたが、子供はもっと前に逃げ出していたようだ。となれば、村までの道筋に撒かれた当帰は、あの子供が村へ戻る時の道標であろう」

「その通りどす。香りがよりいっそう立つようにしたんは、私の技どすけどな。収穫には少うし早い時期どしたさかい」

　多陽人は悠々と答えた。

「どちらにしても、この村から人を出してしもたんどす。もうこれまでのように隠れて暮らしていくのも、薬草を独り占めするんも無理やとおあきらめやす」

「なあに、子供一人くらい、どうにでもなる。誰を連れてこようとも、その者どもごと捕らえてしまえばいいだけのこと。それに、その子供と連れがここへ来る前に命を落とすかもしれん」

　能勢はうっすらと笑った。場合によっては殺してしまえばいいということらしい。

「そないな悪事が露見せんと、本気で思うていなるんどすか」

　多陽人はあきれた声で訊き返した。

「山道に迷って命を落としたとしても、誰も不思議には思うまい。それに、帰ってこない者を捜そうと新たに山へ入る者が出たとしても、当帰村へ行き着くことはできぬ。ここは霞と霧で守られた隠れ里ゆえ」

　仮にここへ迷い込んでくる者がいたとしても、これまで通りにすればいい。この村で生きていくことを承知させるか、承知しなければ一生捕らえて外へ出さない、それだけのこと。

「あるいは、子供と連れがこの村へやって来ても、おぬしを楯にすれば、言いなりにさせることなど容易いのではないかな」

能勢がやや高い声を上げて笑い出した。多陽人が黙っていると、その笑い声はますます高くなる。

ゆりは蒼い顔をして、能勢を睨みつけていた。いったん放していた多陽人の袖を再びつかんだその指が、怒りの余り、小刻みに震えている。

「さあ、名主殿。あの男を捕らえるよう、村人どもに命じてください」

能勢が弥兵衛に向かって言った。

「父上、なりませぬ」

ゆりが必死の声を上げる。

「誰が本当に私たちの村のことを考えているか、誰が本当に私たちの味方なのか、もう一度、心を澄ましてお考えください。私は決して、ご先祖さまに対して、恥ずべきことも謝らねばならぬこともしておりませぬ」

「何とのう……。ゆり殿はそこの男にすっかり入れ知恵されてしまったようですな。これまで、父君に逆らったことのない娘御をあのようにした男ですぞ。放っておいてはなりますまい」

ゆりの懸命の訴えと、それを非難する能勢の言葉に、弥兵衛は苦悩の表情を浮かべたまま無言である。

「さあ、お早く。こうしているうちにも、その子供が戻ってくるかもしれん。私はすぐにでもそちらの対処に動かねばならぬというに」

能勢の声に焦りが混じっている。余裕ぶった物言いをしていたが、助松がいつ加勢を連れて戻ってくるかと気がかりでならないのだ。

そして、能勢の手足となって働く手勢はいない。この村の人々は皆、弥兵衛の命令だけで動く。

「ええい、もはや待っていられぬ」

能勢が刀を抜き放った。多陽人との間は五間ほど離れている。多陽人はゆりを後ろ手に庇いながら、後退さった。

「ゆりお嬢はん。このまま私の背について、離れんといておくれやす。何があっても、お嬢はんのことはお守りしますさかい」

「はい」

多陽人の言葉に、ゆりは悲壮な声で答えた。そして、二人は少しずつ下がり続けた。

能勢も刀をかまえたまま、間合いを詰めていく。

いつの間にやら、多陽人は懐から得物を取り出していた。

錘の三つ付いた鎖が多陽人の頭上で弧を描き始める。それはあたかも、虚空に突如として現れた動く円盤であった。

円盤の回転は徐々に速くなり、鎖の立てる音は次第に大きくなる。巻き起こる風がゆりの頬にぶつかるような勢いで当たった。

「ゆ、ゆり、何をしている。戻ってきなさい」

弥兵衛が切羽詰まった声を上げる。

「ゆりお嬢はん」

多陽人もまた、ゆりに声をかけた。いつもより数段真面目な声であった。

「怖かったら、目をつぶっていはるとええ」

「……分かりました。私は葛木殿を信じます」

ゆりは静かに言い、目を閉じた。

「能勢代官」

多陽人は円盤の動きを止めぬまま、相手の名を口にした。

「口で言うて分からへんなら、少しばかり痛い目に遭うていただきますで」

「何をこしゃくな」

能勢が目を血走らせながら、「やあっ」と踏み込んでくる。それより一瞬早く、多陽人の手から得物が放たれた。

それは虚空を切り裂くように真一文字に飛んだ。そして、過たず能勢の体にぶち当たった。

その途端、鎖の先についた三つの錘が能勢の体に絡みつく。

能勢は悲鳴を上げてその場に倒れた。

多陽人は悠々とした足取りで、能勢の前まで進むと、拾い上げた刀を倒れた能勢の顔に突きつけた。

「ここまでのことをやってしもたからには、処分は免れへんと覚悟しはることどす」

「何だと。名主殿が一声上げれば、おぬしなど」

能勢はなおも負け惜しみを口にした。

「それは無理やと思いますで」

多陽人は笑いを含んだ声で言う。その直後であった。

「葛木さま」

明るく誇らしげな声が上がり、助松が飛び出してきた。

多陽人と能勢が対峙している最中に、助松と田沼の使者数名、それに、しづ子とおせいがちょうど現れたのであった。

「もはや、この村はご公儀の支配を受けることとなりましたさかいな」

多陽人の声が終わると、田沼の使者たちがわらわらと進み出て、能勢を捕らえる一方、弥兵衛を取り囲んだ。

「あのう、ゆりお嬢はん」

多陽人は振り返って、ゆりを呼んだ。

「……はい」

多陽人の後ろに寄り添ったゆりが緊張の解けない声で答える。

「いつまで、私の袖をつかんではるおつもりどすか」

ゆりはずっと多陽人に寄り添ったままであった。つまり、多陽人が能勢代官を倒した後、刀を突きつけに進んだ時も一緒に動いていたのである。その姿を、そこにいたすべての人に見られていたことに気づき、ゆりはぱっと多陽人の袖を放した。

「私としたことが……」

困惑した表情で言うゆりに、しづ子が複雑な眼差しを向けていた。

三

多陽人からの知らせを受け、田沼主殿頭は取り急ぎ五人の使者を派遣してくれた。さらに、万一の事態に備えて前橋（まえばし）藩と高崎（たかさき）藩に援助を要請、事後処理のための人員も追って派遣する予定だという。

能勢は主君である領主の旗本にいったん身柄を預け置くものの、公の処分は免れないことになりそうだ。また、当帰村の名主を名乗る弥兵衛については、能勢と組んだ薬草売買と利益隠匿の件について調べは行われるが、処分については不明だという。

「当帰村弥兵衛については、これまでの件を取り上げて仕置きするのではなく、この先の対応をまずは見てのことと、主殿頭さまはお考えのようです」

　という田沼の使者の言葉を聞き、ならば後のことはお任せしますと、多陽人は手を引いた。

「葛木さまの微塵（みじん）、すごかったです」

　多陽人が能勢を絡め取った錘つきの鎖を回収する傍らで、助松は昂奮気味に言った。

　多陽人が使うこの微塵という武器で、助松はかつて危機一髪のところを助けられたことがある。相手を木端（こっぱ）微塵にする威力を発揮することから、微塵と呼ばれるこの飛び道具は、秘伝の技が神社に受け継がれてきたという。それをなぜ多陽人が扱えるのかということは、助松も知らなかった。

「でも、今回は木端微塵にはしなかったんですね」

「ま、肉やら骨やらが砕けると、お取り調べに障りが出るかもしれんしな。今回は敵も一人やったし、絡め取ることに使わせてもらいました」

「何でも自在にできるんですね」

　と、助松がすっかり感心して呟くと、多陽人が助松の背後に意味ありげな眼差しを向けた。助松が振り返ると、そこに立っていたのは、ゆりとふきの二人であった。ゆりは多陽人を、ふきは助松をじっと見つめている。

ゆりが多陽人に話があると言い、二人が少し離れた場所へ行ってしまうと、助松はふきの前に向かい合う形で立った。

「無事でよかった。それに、ちゃんと戻ってきてくれたのね」

ふきは瞬きもせず助松をじっと見つめながら、しみじみと言った。

「……うん」

「そなたが村を出たことは、ゆりさまがこっそり教えてくださったの。でも、私はもうそなたが戻ってこないのではないかと、少し疑ってしまったわ」

「そんなことないよ。戻ってくるって言ったじゃないか」

助松が声を大きくして言うと、ふきは「そうね」と素直にうなずき、

「浦島子(うらのしまこ)は戻ってこなかったけれど、そなたは戻ってきたんだわ」

と、自分に言い聞かせるような口ぶりで言った。が、やや眉(まゆ)を曇らせると、「でも、また行ってしまうのよね」と小さく呟く。その目はもう助松を見てはおらず、足もとへ向けられていた。

助松は江戸へ帰らなければならない。ふきはこれからも当帰村で暮らしていくのだろう。当帰村はこれまでとは大きく変わるだろうが、それでも、ふきが当帰村を出る

ことは考えられない。

もう二度と会えぬままになってしまうのか。虚しさが心の中にぽつんと宿り、じわじわとその場所を広げていくようだ。

「あ、あのさ。おいら、ふきに言わなければならないことがあって」

ふきが顔を上げた。助松が一歩近付くと、黒目がちのきれいな瞳(ひとみ)に自分の顔が小さく映り込んでいる。

「おいらが前に聞かせた和歌だけど、あれ、おいらが作ったもんじゃないんだ」

本当は『万葉集』に載っている歌なんだよ――と、助松は正直に打ち明けた。黙ったままでいたことがずっと気にかかっていたが、ようやく本当のことが言えて、心が晴れ晴れとしていく。

しかし、怒り出すか、あるいはがっかりするかと思いきや、ふきの表情はあまり変わらない。ややあってから、

「……鈍(おそ)やこの君」

と、ふきは小さな声で呟いた。

「え、それって、何のこと」

助松は慌てて訊き返したが、ふきは溜息を漏らすばかりで、最後まで意味を教えてくれはしなかった。

いた。

その頃、ゆりと向かい合った多陽人は、深刻な表情でとある問いを投げかけられて

「お発ちになる前に、どうかこれだけは正直にお答えくださいませ。私がお慕いし、一緒になることを願ったあの方はどこへ行かれてしまったのですか」

「何のことどすやろ」

多陽人は驚きも慌てもせず、いつもと同じ調子で訊き返す。

ゆりは小さな溜息を漏らし、それから多陽人の目をのぞき込むようにじっと見つめた。多陽人は目をそらさず、首をわずかにかしげている。

「やはり、あなたさまではございませぬ」

ゆりはややあってから、先ほどよりも重い溜息と共に言葉を吐き出した。

「先ほどから、何を言うてはるんどす」

多陽人はさらに問うたが、ゆりはもう自分の言葉の意味を多陽人に説明しようとはしなかった。

「あなたは葛木多陽人殿。京言葉をお使いになり、私の頼みごとを引き受けてくださった占い師の方。でも、あの方はあなたではない。あなたのように甘くもなければ、お優しくもない。敵と見れば容赦せず……」

多陽人に聞かせるでもなく、呟き続けるゆりの独り言は「ゆりお嬢はん」という多陽人の声に遮られた。

「どないしはったんどすか。どなたかを捜してはるんなら、改めて依頼しておくれやす。場合によってはお引き受けしますさかい」

多陽人が言うと、ゆりは改めてまじまじと多陽人の顔を見つめ出した。

「初めは、『あの方』がわざと『あなた』に成りすましておられるのかと思いました。でも、そうではない。あなたは……葛木多陽人殿は確かにこの世に生きておられる」

「何をおっしゃってはるのやら。人捜しの依頼はどないしはるんどすか」

多陽人がくり返し問うと、ゆりは苦笑を浮かべながら「けっこうです」と答えた。

「たとえ、葛木殿でも、今度の私の頼みごとは難しいと存じますので」

ゆりはふつうの者であれば聞き取れないほどの小声で、ひそやかに呟いた。多陽人にはしっかり聞こえていたが、あえて言葉は返さなかった。こちらの力量を勝手に判断する相手に対し、その過ちを正してやらねばならぬ義理もない。

「ところで、私からも一つよろしおすか」

多陽人はゆりの話が終わったのを見計らって尋ねた。

「ゆりお嬢はんが鳥川に流したものの中に、人形(ひとがた)はおしたか」

「人形……？　いえ、それはありませぬ」

「ほな、ゆりお嬢はんの他にも、この村には助けを求めてはった人がおったということやな」

「え、それはどういう……」

「もしかしたら、名主はんやったのかもしれまへん」

「でも、父上は……」

「人は何かを強く信じる一方で、疑いの心を芽生えさせることもあり得ます。せやさかい、名主はんは最後に能勢の言いなりにならへんかったのやおへんか」

多陽人の言葉に、ゆりはしばらく無言でいたが、やがてすっきりと晴れやかな表情になると、

「ときに、あちらのお嬢さまが、葛木殿に護衛を依頼なさったというお方でいらっしゃいますのね」

と、少し離れた場所から、こちらを気がかりそうに見つめているしづ子に目をやり、きびきびとした口ぶりで訊いた。

多陽人はゆりの眼差しを追い、しづ子とその後ろに付き従うおせいに目を向けると、

「へえ」と答えた。

「正式には、あのお嬢はんのお父はんから依頼されましたのやけど」

「江戸の大きなお店(たな)のお嬢さまだとお聞かせくださいましたね」

「そうどす。油問屋と薬種問屋をやってはる伊勢屋はんどす」

「薬種問屋をやっておられるとあれば、ぜひともご挨拶させていただきとう存じます」

ゆりはそう言うと、多陽人の言葉も待たず、しづ子の方に向けて歩き出した。それを見るなり、困惑した表情になったしづ子は、すぐに表情を引き締めると、背筋をぴんと伸ばして、ゆりを待ち受ける姿勢になる。

「この度は、うちの庄助と助松がたいそうお世話になりました。伊勢屋の主の娘で、油谷しづ子と申します」

「ご丁寧にかたじけなく存じます。私はゆりと申しまして、この度、葛木殿をはじめ、庄助殿、助松殿にもたいそうお世話になりました。大きな罪を犯すところであった我が父をお助けくださったのは、皆さまでございます」

ゆりはしずしずと頭を下げた。この礼をどのようにすればよいのか、まだ外の世の仕組みがよく分からなくて困っているが、いずれにしてもこのままにするつもりはない。しかるべき詫びと礼をするつもりでいるゆえ、お父上にも、しかとお伝え願いたい。大仰すぎる物言いではあったが、そんなことをゆりは続けた。

「いいえ、そのようなことはお気遣いなく。私どもは皆が無事であっただけで十分と思っておりますので」

しづ子が丁重に謝絶した時、田沼の使者たちとの話が終わったらしい庄助と、ふきとの話を終えた助松がそろってやって来た。

「お嬢さん、本当にご心配をおかけしてしまいまして」

庄助がしづ子に頭を下げる。続けてゆりに向き直ると、「ゆりさんには助けていただき、感謝申し上げます」と告げた。

「いえ、もっと早く逃がして差し上げられればよかったのですが、行き届かず、恐ろしい目に遭わせてしまいましたこと、本当に相済まぬことでございました」

ゆりは深々と頭を下げ、庄助に詫びた。

「いやあ、せっかくゆりさんが逃がしてくださったのに、お恥ずかしい話、すぐにつかまってしまいました。けど、見張りの目が離れた隙に、益次郎さんがこっそり縛めを解いてくれましてね。逃げなさいと言ってくれたんですよ」

そして、あたふたと村を出ていこうとしたところ、しづ子たち一行と行き合わせたのだと、庄助は告げた。

「益次郎さんは庄助殿にたいそう感謝していたのですよ。息子さんは庄助殿のお蔭でよくなったのですから」

「いや、あれは私じゃなくて、麻黄湯のお蔭なんですが……」

ゆりの感謝の言葉に、庄助は少し照れたようになる。

いずれにしても、落ち着いてからまた改めてこの度の詫びと礼に伺いたいと、ゆりは庄助にも告げた。

「あ、それなら、この当帰村の薬草のこと、伊勢屋の旦那さんにお話ししてもかまわないでしょうか」

ふと、庄助が明るい声になって言い出した。

「さっき、改めて見せてもらったんですが、ここの当帰は大和当帰に匹敵する見事なものです。これから取り引き先をお探しになるなら、ここは一つ伊勢屋のこともお考えになっていただけたら、と」

「庄助、急にそんなことを申し上げたって……」

しづ子が恐縮したように口を挟む。

「もちろん旦那さんのお考え次第ですし、そこは何とも言えませんが」

と、庄助も申し訳なさそうに言い添えたが、ゆりはありがたいお話ですと礼を述べた。

「私はこれより先は、信頼のおける方に薬草を扱ってほしいと望むだけでございます。皆さまであれば否やはございません。もちろん、当帰村はかようなありさまですから、滑らかに事が運ぶとは思っておりませんが」

「まあ、伊勢屋の旦那はんにお話しするのはええのやおへんか。もしええふうに事が運べば、庄助はんが大変な思いをしはったこの度のことも、お店のお役に立ったという手柄話になりますしな」

多陽人が言うと、庄助は「いや、葛木さまのお手柄でしょう」と照れたふうに言い返し、

「いやいや、助松だって活躍したよな」

と、助松のことも忘れずに持ち上げた。

「このようなお話ができて、まことによろしゅうございました。お礼とお詫びはまた改めて。いずれ必ずお目にかかります」

ゆりはそう言って、再び丁寧に頭を下げると、父の弥兵衛と田沼の使者たちの方へ向かって歩き出した。その美しい後ろ姿を、一同はしばらく動かずに見送っていた。

その後、伊勢屋の一行は田沼の使者たちに伊香保へ帰ると挨拶し、後のことは任せて村を立ち去った。

ゆりが撒いておいてくれた当帰がよい香りを立てる道をたどって、烏川まで向かい、その後は川に沿って麓（ふもと）へ向かう。後は同じ街道を歩いて、八重の待つ伊香保を目指した。

しばらくの間、当帰村のことやそこで育つ薬草のことが話題になっていたが、しゃ

べるのは庄助と助松ばかりで、しづ子はいつになくおとなしい。

「お嬢さん、お疲れなんじゃありませんか」

おせいが気遣うように尋ね、

「そうですね。ずっと歩き詰めでいらっしゃったんでしょう？」

と、庄助も心配する。無理はせず休んでいこうかという話になりかけたが、

「私は大丈夫です。もう少しこのまま進みましょう」

と、しづ子はけなげに言った。それからは皆に心配をかけまいとするのか、しづ子も進んで話に加わってきた。

「結局、当帰村は隠れ里だったということなのね」

「はい。ゆりさんもそうおっしゃっていました。女の人の髪型とか、ふつうと違いましたし、昔からの風習のままなんでしょうね」

しづ子の言葉に助松が応じているうちに、

「ゆりさんの美しさは格別だけれど、助松とお話をしていた同い年くらいの女の子もとてもかわいかったわね」

と、しづ子の問いかけが思いも寄らぬところへ飛んだので、助松は動揺した。

「そ、そうでしたか」

「あの村の人たちは、外から来た人と夫婦になる風習だったのでしょう？」

しづ子がなおも問いかける。村で遭遇した出来事は一通り話してあるが、そこを突かれると、助松はどうもうまく話せなくなるのだ。

「そうみたいですけど、今回のことは他の村人を欺くためだったんだと思います。ゆりさんもふきも、それから、庄助さんのお相手も」

「お相手ってなあ。別に夫婦になろうと言い合ったわけじゃないんだよ」

庄助が慌てて助松をたしなめるように口を挟んだ。

「あら、でも、初めから村を変えようと考えていたゆりさんは別としても、ふきちゃんは違ったんじゃないの？　ふきちゃんがゆりさんの本音を知ったのは、もっと後のことでしょう？」

「さあ、それはよく分からないけど……」

助松はどうだったのだろうと考えたものの、ふきの本心は分からなくなっていた。結局、浦島子のように「鈍やこの君」と言われたことの意味も、教えてもらえぬままになってしまった。

（ふきは本心から、おいらを婿殿にしてもいいと考えていたのかな）

その答えをもう一度訊く機会があるなら訊いてみたい。だが、ふきにもう一度会うことができるのかどうか。

もし、当帰村の薬草を伊勢屋で仕入れることになれば、その機会も生まれるかもしれないのだが……。

「浦島太郎の物語……」

ふと思い出したという様子で、しづ子が呟いた。

「『御伽草子』では、太郎に助けられた亀が太郎の妻になるのよね。『万葉集』でも似た話を扱った歌があって、そこでは海の神の乙女とされているのよ」

その話はすでにふきから聞いているので、もっとくわしく聞かせてくださいとは言いにくい。助松が黙っていると、

「海の神の乙女って、ゆりさんのように美しい人だったのでしょうね。どこか、この世のふつうの人とは違う不思議なところのある人だったと思わない？」

しづ子から話を向けられて、助松はどう返事をすればいいのか分からず困惑した。

「そ、そうですね。でも、ふつうと違って見えるのは、髪型とか話し方とかが風変わりなせいだと思いますけど」

取りあえずあいまいな返事をしつつも、しづ子の言う意味はよく分かった。まるでこの世ならぬ仙界の住人であるかのような不思議な魅力が、ゆりにはあった。そして、ふきにも少しあった。

好きになったとか、恋をしたとか、そこまでのことは言えないが、ふきに惹かれる気持ちは残っている。それは、もしかしたら、多陽人や庄助にしても同じかもしれな

い。

自分たちとは違う時の流れを生きてきた美しい仙女のような娘から、夫にしてあげてもいいと言われ、心のときめかない男がいるのだろうか。

そう考えた時、しづ子が沈んで見える原因は、そこにあるのではないかと助松は思い至った。

自分の身近にいた男が、ほんの数日さ迷い込んだあの不思議な村の女人に、心を奪われてしまったのではないかと、不安に思う女の気持ち。もししづ子の心が揺れているのであれば——。

その相手とは多陽人しか考えられない。しづ子を不安にさせているのは、多陽人の胸中であり、多陽人の心を揺らしたかもしれないゆりの美しさなのだ。

(ゆりさんは葛木さまの依頼主になっただけなんです)

しづ子にそう言いたかったが、今それを言うのもふさわしくない気がした。それに、ゆりの心中にあるものが、本当にそれだけだったのかなど、助松に分かるはずもない。

「それより、葛木さま、ようやく伊香保の黄金の湯にお入りになることができますね」

助松は不意に話題を変えた。少し唐突ではあったが、後ろを振り返り、多陽人を話題の中に引っ張り込む。

「そうどすなあ。ま、前に入ったことがないとは言いまへんけど」

多陽人は澄まして言う。

「えっ、それじゃあ、前に伊香保へ来たことがあったんですか」

「あちこち旅してきたと話してますやろ」

真間の時もそうだったが、前に来たことがあるなら、あると言ってくれればいいものを——と、自身のことを少しも明かそうとしない多陽人に、助松はほんの少し腹を立てた。そして、そんなことは初めてだと思いながらも、

「おいらは黄金の湯に初めて浸かった時、まるで自分までお金持ちになったような気がしましたよ」

と、明るい声でこの話題を盛り上げようと努めた。

「そうだよなあ。確かに、黄金の湯は豊かな気分にしてくれるよ。効き目もありそうだしなあ」

庄助が助松の後に続いてくれる。

「そういえば、お嬢さん。伊香保の歌の中に、黄金を詠んだものはないんですか」

助松はしづ子に目を向けて問うた。

「そうねえ。伊香保の歌で、黄金の湯を詠んだものは知らないのだけれど、『万葉集』の中にここより北の陸奥で黄金が発見された時に詠まれた有名な歌があるわ。あ

の大伴家持公のお歌なのよ」

しづ子がそう言って、自らの心を引き立てようとするかのように、一首の歌を口ずさむ。

天皇（すめろき）の　御代（みよ）栄えむと　東（あづま）なる　陸奥山（みちのくやま）に　黄金（くがね）花咲く

「天下をお治めする偉大な天子さまの御代が栄えますようにと、陸奥の山に黄金の花が咲きました、という歌よ。黄金を花にたとえているのね」

「何とも豪勢なお歌ですねえ」

助松は何となく華やいだ気持ちになって言った。すると、後ろの方から滑稽（こっけい）な調子の歌声が聞こえてくる。

黄金の湯　浸かれば我も　長者かと　業突（ごうつ）く張りの　群（む）るる伊香保ろ

多陽人の狂歌であった。黄金の湯に浸かれば自分も金持ちになれるかと、欲張りどもが伊香保に群れている——などと言われては、先ほど、金持ちになったみたいだと言った助松の立つ瀬がない。

「まったく……」

　多陽人の狂歌を聞き、しづ子が苦笑を浮かべていた。

　つられたように、庄助があははっと声を上げて笑う。おせいもこらえきれぬ様子で、ぷっと吹き出した。

　皆がひとしきり声を上げて笑い終えた時、

「まったく、中山道の方を使えないのは困るね」

「本当さ。こっちは商用だっていうのに」

　と、旅人たちが不満の声を上げながら、助松たちを追い抜いていった。のんびりとおしゃべりしながら歩いている一行を、迷惑がっていたのかもしれない。

「何かあったのかしら」

「そういえば、今日はこの道を行く人が多いですね」

　しづ子と庄助が口々に呟く。

「申し、お尋ねしますが、今日は何かあったんどすか」

　多陽人が振り分け荷物を背負った若い男をつかまえ、そう尋ねた。

「参勤交代ですよ。加賀のお殿さまが中山道をお使いになるというんで、皆、こっちに流れてきているんです」

　男は答える間も惜しいという様子で言い、さっさと歩き去ってしまった。

「加賀藩の……参勤交代」

多陽人が口もとをかすかにゆがめて小さく呟く。

「急ぎの旅の人は大変ですね」

助松が言うと、庄助とおせいがまったくだとうなずいた。奉公人の身でありながら、こちらはゆっくり温泉に浸かれるのだから、これほど贅沢なことはない。などと思っていたら、つい口が勝手に動き、

「黄金の湯浸かれば我も長者かと……」

と、助松は多陽人の狂歌を口ずさんでいた。

「駄目よ、助松ったら」

しづ子があきれた声で助松を注意し、庄助とおせいがまた声を上げて笑い出す。助松も歌うのをやめて笑い出した。皆の明るい笑い声はやがて、夏も間近に迫った晴れやかな空へと吸われていった。

引用和歌

※出典が『万葉集』

足の音せず行かむ駒もが葛飾の　真間の継橋やまず通はむ　作者未詳（巻十四・三三八七）
われも見つ人にも告げむ葛飾の　真間の手児奈が奥つ城処　山部赤人（巻三・四三二）
玉に貫き消たず賜らむ秋萩の　末わわらはに置ける白露　湯原王（巻八・一六一八）
草枕旅行く人も行き触れば　にほひぬべくも咲ける萩かも　笠金村（巻八・一五三二）
家にあれば笥に盛る飯を草枕　旅にしあれば椎の葉に盛る　有間皇子（巻二・一四二）
草枕旅に久しくなりぬれば　汝をこそ思へな恋ひそ吾妹　佐伯東人（巻四・六二二）
恋しけは袖も振らむを武蔵野の　うけらが花の色に出なゆめ　作者未詳（巻十四・三三七六）
武蔵野の草は諸向きかもかくも　君がまにまに吾は寄りにしを　作者未詳（巻十四・三三七七）
上野佐野の舟橋取り放し　親は離くれど吾は離かるがへ　作者未詳（巻十四・三四二〇）
伊香保ろの岨の榛原ねもころに　奥をな兼ねそ現在しよかば　作者未詳（巻十四・三四一〇）
伊香保ろの八尺の堰塞に立つ虹の　顕ろまでもさ寝をさ寝てば　作者未詳（巻十四・三四一四）
布施置きてわれは乞ひ禱む欺かず　直に率去きて天路知らしめ　作者未詳（巻五・九〇六）
天地の神を祈りてわが恋ふる　君いかならず逢はざらめやも　作者未詳（巻十三・三二八七）
木綿畳手に取り持ちてかくだにも　われは祈ひなむ君に逢はぬかも　大伴坂上郎女（巻三・三八〇）
鶯の来鳴く山吹うたがたも　君が手触れず花散らめやも　大伴池主（巻十七・三九六八）
常世辺に住むべきものを剣刀　己が心から鈍やこの君　高橋虫麻呂（巻九・一七四一）

旅衣八重着重ねて寝ぬれども　なほ肌寒し妹にしあらねば　　玉作部国忍(巻二十・四三五一)
天皇の御代栄えむと東なる　陸奥山に黄金花咲く　　大伴家持(巻十八・四〇九七)

※『万葉集』以外
日かずへてかさねし夜半の旅衣　たち別れつついつかきて見ん(『御伽草紙』より『浦島太郎』)

参考文献

中西進著『万葉集　全訳注原文付』㈠～㈣(講談社文庫)
小島憲之・木下正俊・東野治之校注・訳『新編日本古典文学全集　萬葉集』①～④(小学館)
『江戸近世暦―和暦・西暦・七曜・干支・十二直・納音・二十八(七)宿・二十四節気・雑節』(日外アソシエーツ)
藤井乙男校註『御伽草紙』(有朋堂書店)より『浦島太郎』(国会図書館デジタルコレクション)
倭文子著『伊香保の道ゆきぶり』(国会図書館デジタルコレクション)

登場する和歌は、参考資料を基に適宜表記を改めました。

万葉集歌解き譚 からころも

篠 綾子

ISBN978-4-09-406772-9

助松の父・大五郎は日本橋の薬種問屋・伊勢屋の手代だったが、一年半前に富山に出かけ行方不明となった。一人残され伊勢屋の小僧となった助松は、父から誰にも見せぬように言われた日記を預かっていた。なかには万葉集の和歌も綴られていた。助松に歌の意味を教えたのは、伊勢屋の娘しづ子と客の葛木多陽人だった。ある偶然から、しづ子は大友主税と名乗る侍と知り合い、頼まれて歌の手ほどきをするようになるが、今度はしづ子が家を出て行ってしまう。そして大五郎としづ子の失踪には、関係があった。二人の行方は？　万葉和歌の魅力を伝える新シリーズ！

万葉集歌解き譚 たまもかる

篠 綾子

ISBN978-4-09-406829-0

しづ子の歌の師匠でもある賀茂真淵の家に泥棒が入った。しづ子と助松、それに弟子である加藤千蔭に真淵が打ち明けたところによれば、『万葉集』を狙ったのではないかという。三日前、将軍家重の弟である田安宗武にご進講した際、真淵は自分のものではない万葉集を持ち帰っていた。そこには、ひらがなだけで書かれた万葉集十二首と、干支と漢数字だけが記された三行の不可解な符牒が残されていた。助松たちが葛木多陽人と謎を解き明かすと、幕府を揺るがす陰謀が明らかになる。そして、多陽人の許には田沼意次が訪れていた。謎解きと万葉集が両方楽しめる、好評シリーズ第二弾！

小学館文庫
好評既刊

勘定侍 柳生真剣勝負〈一〉
召喚

上田秀人

ISBN978-4-09-406743-9

大坂一と言われる唐物問屋淡海（おうみ）屋の孫・一夜は、突然現れた柳生家の者に御家を救えと、無理やり召し出された。ことは、惣目付（そうめつけ）の柳生宗矩（むねのり）が老中・堀田加賀守（かがのかみ）より伝えられた、四千石の加増にはじまる。本禄と合わせて一万石、晴れて大名となった柳生家。が、大名を監察する惣目付が大名になっては都合が悪い。案の定、宗矩は役目を解かれ、監察される側に立たされてしまう。惣目付時代に買った恨みから、難癖をつけられぬよう宗矩が考えた秘策が一夜だったのだ。しかしなぜ召し出すのが商人なのか？　廻国中の柳生十兵衛も呼び戻されて。風雲急を告げる第１弾！

小学館文庫
好評既刊

看取り医 独庵

根津潤太郎

ISBN978-4-09-407003-3

浅草諏訪町で開業する独庵こと壬生玄宗は江戸で評判の名医。診療所を切り盛りする女中のすず、代診の弟子・市蔵ともども休む暇もない。医者の本分は患者に希望を与えることだと思い至った独庵は、いざとなれば、看取りも辞さない。そんな独庵に妙な往診依頼が舞い込む。材木問屋の主・徳右衛門が、なにかに憑りつかれたように薪割りを始めたという。早速、探索役の絵師・久米吉に調べさせたところ、思いもよらぬ仇討ち話が浮かび上がってくる。人びとの心に暖かな灯をともす、看取り医にして馬庭念流の遣い手・独庵が悪を一刀両断する痛快書き下ろし時代小説。

うちの宿六が十手持ちですみません

神楽坂 淳

ISBN978-4-09-406873-3

江戸柳橋で一番人気の芸者の菊弥は、男まさりで気風（きっぷ）がよい。芸は売っても身は売らないを地でいっている。芸者仲間からの信頼も厚い菊弥だが、ただ一つ欠点が。実はダメ男好きなのだ。恋人で岡っ引きの北斗は、どこからどう見てもダメ男。しかも、自分はデキる男と思い込んでいる。なのに恋心が吹っ切れない。その北斗が「菊弥馴染みの大店が盗賊に狙われている」と知らせに来た。が、事件を解決しているのか、引っかき回しているのか分からない北斗を見て、菊弥はひとり呟くのだった。「世間のみなさま、すみません」――気鋭の人気作家が描く、捕物帖第一弾！

小学館文庫
好評既刊

付添い屋・六平太 龍の巻 留め女

金子成人

ISBN978-4-09-406057-7

時は江戸・文政年間。秋月六平太は、信州十河藩の供番（駕籠を守るボディガード）を勤めていたが、十年前、藩の権力抗争に巻き込まれ、お役御免となり浪人となった。いまは裕福な商家の子女の芝居見物や行楽の付添い屋をして糊口をしのぐ日々だ。血のつながらない妹・佐和は、六平太の再仕官を夢見て、浅草元鳥越の自宅を守りながら、裁縫仕事で家計を支えている。相惚れで髪結いのおりきが住む音羽と元鳥越を行き来する六平太だが、付添い先で出会う武家の横暴や女を食い物にする悪党は許さない。立身流兵法が一閃、江戸の悪を斬る。時代劇の超大物脚本家、小説デビュー！

脱藩さむらい

金子成人

ISBN978-4-09-406555-8

香坂又十郎は、石見国、浜岡藩城下に妻の万寿栄と暮らしている。奉行所の町廻り同心頭であり、斬首刑の執行も行っていた。浜岡藩は、海に恵まれた土地である。漁師の勘吉と釣りに出かけた又十郎は、外海の岩場で脇腹に刺し傷のある水主の死体を見つける。浜で検分を行っていると、組目付頭の滝井伝七郎が突然現れ、死体を持ち去ってしまった。義弟の兵藤数馬によると、死んだ水主の正体は公儀の密偵だという。後日、城内に呼ばれた又十郎は、謀反を企んで出奔した藩士を討ち取るよう命じられる。その藩士の名は兵藤数馬であった。大河時代小説シリーズ第1弾！

小学館文庫
好評既刊

死ぬがよく候〈一〉 月

坂岡 真

ISBN978-4-09-406644-9

さる由縁で旅に出た伊坂八郎兵衛は、京の都で命尽きかけていた。「南町の虎」と恐れられた元隠密廻り同心も、さすがに空腹と風雪には耐え切れず、ついに破れ寺を頼り、草鞋を脱いだ。冷えた粗菜にありついたまではよかったが、胡散臭い住職に恩を着せられ、盗まれた本尊を奪い返さねばならぬ羽目に。自棄になって島原の廓に繰り出すと、なんと江戸で別れた許嫁と瓜二つの、葛葉なる端女郎が。一夜の情を交わした翌朝、盗人どもを両断すべく、一条戻橋へ向かった八郎兵衛を待ち受けていたのは……。立身流の秘剣・豪撃が悪党を乱れ斬る、剣豪放浪記第一弾！

春風同心十手日記〈一〉

佐々木裕一

ISBN978-4-09-406843-6

定町廻り同心の夏木慎吾が殺しのあったという深川の長屋に出張ってみると、包丁で心臓を刺されたままの竹三が土間で冷たくなっていた。近くに女物の匂い袋が落ちていたところを見ると、一月前に家を出ていった女房おくにの仕業らしい。竹三は酒癖が悪く、毎晩飲んでは、暴力をふるっていたらしいのだ。岡っ引きの五郎蔵や女医の華山らに助けを借りて探索をはじめた慎吾だったが、すぐに手詰まってしまい……。頭を抱えて帰宅した慎吾の前に、なんと北町奉行の榊原忠之が現れた!?　しかも、娘の静香まで連れているのは、一体なぜ？　王道の捕物帳、シリーズ第一弾！

突きの鬼一

鈴木英治

ISBN978-4-09-406544-2

美濃北山三万石の主百目鬼一郎太の楽しみは月に一度の賭場通いだ。秘密の抜け穴を通り、城下外れの賭場に現れた一郎太が、あろうことか、命を狙われた。頭格は大垣半象、二天一流の遣い手で、国家老・黒岩監物の配下だ。突きの鬼一と異名をとる一郎太は二十人以上を斬り捨てて虎口を脱する。だが、襲撃者の中に城代家老・伊吹勘助の倅で、一郎太が打ち出した年貢半減令に賛同していた進兵衛がいた。俺の策は家臣を苦しめていたのか。忸怩たる思いの一郎太は藩主の座を降りることを即刻決意、実母桜香院が偏愛する弟・重二郎に後事を託して単身、江戸に向かう。

駄犬道中おかげ参り

土橋章宏

ISBN978-4-09-406063-7

時は文政十三年（天保元年）、おかげ年。民衆が六十年に一度の「おかげ参り」に熱狂するなか、博徒の辰五郎は、深川の賭場で多額の借金を背負ってしまう。ツキに見放されたと肩を落として長屋に帰ると、なんとお伊勢講のくじが大当たり。長屋代表として伊勢を目指して、いざ出発！　途中で出会った食いしん坊の代参犬・翁丸、奉公先を抜け出してきた子供の三吉、すぐに死のうとする訳あり美女・沙夜と家族のふりをしながら旅を続けているうちに、ダメ男・辰五郎の心にも変化があらわれて……。笑いあり、涙あり、美味（グルメ）あり。愉快痛快珍道中のはじまり、はじまり～。

―――本書のプロフィール―――

本書は、小学館文庫のために書き下ろされた作品です。

小学館文庫

くさまくら
万葉集歌解き譚

著者　篠 綾子

二〇二一年五月十二日　初版第一刷発行

発行人　飯田昌宏
発行所　株式会社 小学館
〒一〇一－八〇〇一
東京都千代田区一ツ橋二－三－一
電話　編集〇三－三二三〇－五九五九
販売〇三－五二八一－三五五五
印刷所――中央精版印刷株式会社

この文庫の詳しい内容はインターネットで24時間ご覧になれます。
小学館公式ホームページ　https://www.shogakukan.co.jp

ISBN978-4-09-407020-0